U0024979

獻給恩師——聖嚴師父

推 薦 語

光斗先生，讀聖賢書，行菩薩道，以藝文結無量因緣。聞有新作《迎著光，照見勇氣》出版，特獻詞為賀：

以燈傳燈　萬戶通明　揚人之善　盡己之忠

功不唐捐　法不孤生　善哉斯人　文壇留名

——王鼎鈞敬撰

二〇一六年一月，異域大風雪之夜

幾年前，光斗、慶瑜及「點燈」團隊來新加坡拍片時，我寫了一個四言對子「明星萬點，心念一燈」。

有兩件事讓康德愈想心裡愈充滿敬畏：頭頂繁星密布的天空與心中的道德法則。人天的奧義都讓他肅然。人天的究竟，依修持者的實證，都在一大光明藏中。人一定得親見這個清淨的真如本性，才知道「燈」這個心象的至關重要，否則我人只能生生世世在搬字過紙，沉淪於知識學問而不知道。

萬法歸第一義諦時，一心就是一切只有光明，宇宙之大能把心燈點燃了，心念跟古佛之心相通，果實熟透甜美，從此常樂我淨。這樣看，光斗二十二年的苦心孤詣，其心願的如此宏大就不可企及了，身為他的崇拜者，我向他、他那放發高能量的團隊，以及「點燈」中一盞一盞的光明，深深致敬。

——陳瑞獻

寫作是一條崎嶇而寂寞的長路，三十多年來，我雖然雙目失明，由於對文學的愛好，仍不放棄。二〇一二年，「梅遜談文學」一稿，幸得文訊月刊社封德屏社長的贊助，並榮獲顏崑陽教授賜序，於爾雅出版社出版。更榮幸的是能得到「點燈」節目製作人張光斗先生的稱許，一次購買三百部，捐贈各學校、圖書館之外，並於二〇一四年頒贈「點亮生命之燈」獎，而且一再撰文嘉勉，使我心靈感受到無限的溫暖！

欣逢點燈節目開播二十二週年慶，謹獻上我誠摯的感恩和祝福！祝賀點燈節目這盞明燈長期點下去，使得處身人生暗夜中的人們，得到光明的指引，看到未來的希望！使得跋涉在泥濘長途中的人們，得到精神的鼓勵，增強堅定的信心！

——梅遜

二十年前，去農禪寺給聖嚴師父拜年，見到阿斗兄扛著攝影機，亦步亦趨地為聖嚴師父拍行止錄影。人家在忙碌地工作著，只能點頭互相打個招呼，聖嚴師父說你們兩個是同行，以後可以合作呀！

那時我在四處亂轉，追逐名聞利養，也沒忙出個所以然來，又秉性懶惰，就把聖嚴師父的叮囑給拋在腦後了。一年多前阿斗兄來找我，說要給我們兄弟倆拍一段，放在點燈節目裡面。太榮幸了，我們倆本是一對難兄難弟，胡亂攪和了大半輩子，能夠上「點燈」這個高檔次的節目嗎？與阿斗團隊工作十分愉快，他們專業，效率高，阿斗親自做訪談，聊得開心，哥兒倆的喜怒哀樂都蹦出來了。

這本新書是阿斗長年製作「點燈」，揀選出來的的文字篇，曾不斷在聯合報繽紛版發表。阿斗的人生閱歷豐富，文筆瀟灑脫塵，喜歡他文章的粉絲多著呢！

「點燈」播放二十二年了，它始終正面地來講述描繪台灣社會的點滴光明，在台灣庸俗、譁眾取寵的影視環境之下，是怎麼撐過來的？曾經聽阿斗略為講述了製作「點燈」的種種艱辛，由不得心生敬佩起來！若是由我這個缺少擇善固執、犧牲奉獻精神的凡夫俗子來作，根本撐不了一季吧！

「點燈」這個名稱的原意，莫不是「一燈能滅千年暗」？二十二年來真的做到了，它為大家帶來了些許光明。來日方長，還有九百七十八年哩！祝福它延續不歇，阿斗加油。

——王正方

點燈二十二歲，我跟阿斗認識超過二十二年了。從他開始製作點燈節目開始，我就與他合租一個辦公室；後來搬到敦化北路的巷子裡，我們還是做鄰居。我等於是看著「點燈」出生、長大。
祝福阿斗一定要健康，才能繼續延續點燈基金會，以及節目的運作。希望這盞燈有更多的人來關心與支持。也期待這本新書，在不景氣的出版業中，也能帶出新氣象，感動更多的人。

——柯一正

五年前我特地設計了「點亮生命之燈」的瓷器作品，來表達對光斗為人處事和作為的敬意和感動。這也成為點燈基金會鼓舞人心，強調犧牲奉獻的重要表徵。
那是隻有若菩薩絕妙殊勝的手，輕銜著火種，進行點亮、照耀、傳遞著生命種種艱辛突圍和相互扶持的大愛工程。作品一若點燈節目內容，它闡揚奮鬥，照亮希望，聯結溫暖，為平靜的生命留下堅忍的印記，為平凡的人生點起熱情的關照，點燈就是光斗。
當然，光斗也是點燈，也只有他能不辭困頓地挖掘、製作平凡人生中那鼓舞生命的溫馨情事，也唯有他能關注、激勵堅忍生命中那絕不放棄的感人樂章。無論是他做的節目內容也好，寫的朋友故事也好，燒的家常菜色也好，我始終看到金牛座一貫讓人信賴持續而穩健的平實、執著又貼心的本色。
恭喜「點燈」二十二週歲，也感謝光斗那隻點燃社會溫暖和人間光亮的手。

——王俠軍

因著斗哥只問耕耘，不問收穫，「點燈」才能走過二十二個年頭。
成功，原來不是屬於能力最強的人，而是屬於能夠堅持到底的人。
有幸成為點燈節目的常客，記錄著我從廣播主持人、結婚到生女，還有帶領混障綜藝團南征北討，甚至站在國際的舞台上。
已經邁開的步伐，叫前進，已經痊癒的痛苦，叫智慧。
感謝斗哥，燃起了這一盞燈，讓我在燈火的光照下，繼續前進。
不要想歲月弄壞了什麼，而要想恩典留下了什麼。這就是斗哥。
祝「點燈」生日快樂。

——劉銘

因「點燈」結緣張光斗，大家都叫他「斗哥」，我也跟著這麼叫他，因為他給人第一印象就是自然親切。
「點燈」年二十二，斗哥要我寫文章共襄盛舉，汗顏的是跟斗哥的有情有義相比，我受益多、付出少，但與「點燈」的情緣，又讓我恭敬不如從命。
自從離開新聞界，從事大陸偏鄉痲瘋村孩子希望工程以來，身為媒體人的過去，總讓媒體界對我偏愛有加，不吝給於新聞版面及電子媒體的支持。但從第一次採訪到長期行動支持，至今還三不五時噓寒問暖，做到亦師亦友的，斗哥排名第一，他是我公益路上的「點燈人」。
斗哥的「點燈」團隊曾跟我上下涼山，深入大營盤，製播上下兩集的節目，是我第一個獲邀的公益性訪談節目，當時主持人是黃晴雯。點燈跟我後續情緣未了，為了鼓勵紀錄片《索瑪花開的季節》上映發行，我和紀錄片導演阿 Q 再度上節目接受專訪，那一次主持人郎祖筠談到痲瘋村孩子就學的狀況，其中播放大營盤孩子為了上中學，穿內褲跨河的片段，我不知為何在錄影現場，全身發冷發抖，淚水不止……一直到現在，儘管上過不少電視訪談，但如此飆淚又狼狽不堪的回憶，「點燈」最是刻骨銘心。

我不信佛，因斗哥牽線，我上了「不一樣的聲音」節目而結緣聖嚴法師，又在斗嫂推薦下挑戰精英禪三課程，當時在法鼓山，聖嚴法師親自叮嚀我並嘉勉我的工作，並捐款「希望之翼」公益事業，讓我這俗世弟子，學會柔軟心與謙卑，感受他老人家的慈悲與智慧。

二〇一一年我在台灣，將十年在痲瘋村的工作紀錄集結出書並舉行義賣，在義賣現場第一個排隊買書，笑容可掬，請我簽名的就是阿斗哥。

繁體書名為「台灣娘子上涼山」，出版大陸簡體版「觸」時，斗哥寫了一篇文章在聯合副刊鼓勵支持，文章下的標題是「不是猛娘不過江」，他用慣有的幽默大大讚美地我在涼山笑中帶淚，苦行耕耘的點滴。看完瀟灑大笑後，我還特地打電話給他，說我稱自己為「悍婦」，你叫我是「猛娘」，這輩子我註定跟溫柔絕緣了。

我習慣把「點燈」跟斗哥畫上等號。對於「點燈」，我有太多知恩的感謝，對於斗哥斗嫂，我有太多溫暖的回憶。

我跟斗哥曾經住得很近，但最近更是比鄰而居，我們同住一小區，相距僅有一步之隔，有一次去斗哥家串門子，提起「希望之翼」草創之初義賣蠟燭的過去，斗嫂淑芬姐開玩笑說：「平宜，我們家蠟燭十年都點不完耶！』頓時我內心湧起澎湃的感動，斗哥，淑芬姐，謝謝你們，公益之路崎嶇難行，這份心意就是最寶貴的鼓勵。

「點燈」二十二歲了，以點燈「感恩、光明、堅持」理念為傲。二十二年來，儘管陽光風雨行，但未來漫漫長路，提燈照路，溫暖人間，仍是「點燈」責無旁貸的善良使命。

——張平宜

迎著光，照見勇氣
24個點亮人心的故事

二十四個迎光故事，二十四種發光的方式。

孫先生

超越距離與交情

我們經常會在乎某一個人。我很在乎孫先生這位朋友。重點不是孫先生捐了多少錢給「點燈」，而是我與他非親非故，他卻在我最無助的時候，將我從深淵裡拉拔了出來。我也在乎孫先生的人格；他在公益項目上的開放作為，讓我在衡量人性的天秤上，更能義無反顧地站在「善」的這一方，並得以堅實地信守下去。

因為在乎他，所以更是謹慎地不好隨意聯絡他。

遠方捎來的祝福

看到鼎公回給我「祝福的話語」，我彷若在作夢。鼎公先在回信中，鉅細靡遺地垂詢我，寫的內容會放在書腰、封底，還是內頁？狂喜之餘，我起了貪念，希望置於推薦人序；鼎公立即回覆，說是「寫序很費力，氣力不夠，只能長話短說；如果是推薦序，就草率了。」因此，鼎公建議，「找三朋四友每人寫一段，合起來登一頁兩頁，挺熱鬧。」

我當然是恭敬不如從命。這本書，因為有了鼎公的祝福，在我自己淺薄如豆的眼光中，已然是為珍寶。

真性情的革命軍人

我第一次見到慧興就被他打敗。他易感，動不動就熱淚盈眶，害得我經常只敢低頭說話，這還真不是我的風格。有一回，談到我的一位好友劉明創。明創的獨子曜瑋，前往印度從事國際志工，卻因車禍而喪生……。我的話還沒說完，慧興就從座位站起來，走到我面前，眼裡蓄滿淚水，我一下子呆住了；他給了我一個熊抱，激動地跟我說，曜瑋的後事，一路上都是他出面張羅的。

這樣一位熱血的革命軍人，註定會過手很多事，釀就許多感人的故事。

楊士琪

得將她的那把火炬傳下去

我們一群朋友，由士琪的老同事胡幼鳳號召，決議要將熄火多年的「楊士琪紀念獎」與「台北電影節」連結。一大夥電影與老媒體人，連電影節主席李烈，都齊聚台北市文化局長的辦公室，很快達成共識，「楊士琪紀念獎」將在二〇一六年度的「台北電影節」中讓世人知道，台灣電影的輝煌光影中，楊士琪是不容被遺忘的。

誰知道，世事難料，才不到半年，李烈和局長都離席。「楊士琪紀念獎」還有機會出土嗎？我們一定要耐心等候下去……。

快與慢，來自國手的啟發

我一向快人快語。有時候快到自己都嚇一跳；為何就不能在話語出口前結巴一下？就算打一個逗點都好，有什麼快意情仇的事情，值得我一再為自己的快嘴捏一把冷汗？

林老師每每在說話前的吟哦打頓，給了我很大的啟示；那是一種慎重的態度，也可以說是某種修為的冶煉。我因而知道，我雖然沒有資格成為一位思想家、哲學家，但最起碼，我可以學做一個善於傾聽，忠於沉默是金的穩當之人。

謙謙君子內含光

有一位遠方朋友，每次來台一定會找俠軍喝幾趟酒。此人亦是我友，他還要我當他兒子的乾爹，近年來卻與我斷了聯絡。我在某些方面很討人嫌，不會遮掩好惡，加上耐性不夠，不假顏色；與我處久了，肯定覺得我太無趣。

俠軍不一樣。謙謙君子，與人為善；就算對某人的言行舉止有點意見，頂多也就露出短暫的苦笑，然後抽離情緒，繼續凝視著對方，聽其臭蓋，全盤尊重。同樣是金牛座，俠軍這位金牛才真的是牛。

王俠軍

無法散去的思念

我依然在生氣。我氣田爸的女兒，為何以孝心當理由，逼著田爸扯斷了數十年來在台灣樂意孳生的友情網絡，讓田爸只能如春蠶吐絲般，將對台灣的思念，以一字一句，纏縛成詩成詞，來填補內心巨大難封的黑洞？我也氣他的兒女沒有在台灣辦上一場追思，讓田爸在台的老友們無緣與田爸做最後的話別。我更氣他的出版社，有什麼回憶錄需要花上好幾個月，好多次的採訪，還久久無法成書？

人不在了，一切便都輕了，輕到經不起一點空氣的流動，就都淡了，散了。

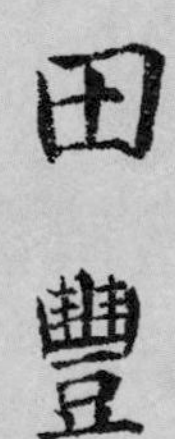

張龍光

一輩子的老友

我沒見過這麼嗜甜的人。一個十二吋的奶油蛋糕，他老兄居然能將所有的鮮奶油都收集到自己的肚子裡，臉上掛著蜜到滴汁的笑容。最近，居然發現他戒甜了，開始在乎保健了。又後來，見到他把面前的酒杯推得遠遠的，理由無他，他希望有一天，能看到孫女挽著孫女婿的手，走進婚宴禮堂。

一位已然熟到不行的老友有了改變，當然是替他高興；只不過，還是有那麼一丁點失落；那種陌生的感覺，可是需要不少時間才能熟悉，才可適應哪！

柯一正

千金難買好朋友

真的非常難得，與柯導相識數十年，第一次聽到柯導對於某一人士提出看法。柯導說，一位朋友在他公司樓上另起爐灶，他也開心地投資入股。途中，他不斷借錢給朋友多達四百多萬；有一天，他忽然後知後覺地聽說，朋友要將公司收掉了。

柯導不是捨不得他的投資與借貸付諸流水，他只是難過，朋友為何不親口跟他說一聲？我則是替柯導的那位朋友惋惜，何苦為了錢財與不能說出口的理由，憑空失去了柯導這麼一位好朋友？

情感的餘溫

近年來，我與張毅的往來畢竟不多。當初決定寫他，內心也的確有過掙扎，我終究還是寫了，為的是要誠實中肯地面對自己的心境，以及生命軌跡中的每一次奮力拚搏。

人的心念真的會隨著年紀增長而遞變。過去在乎的人與事，糾結的人際往返，終會在歲月的淘洗，情執的沉澱後，現出了清明透淨的氣韻；就像是河床上裸露的岩石與砂礫，就算被烈日曬到龜裂，只要日頭落下，晚風拂起，僅僅殘存的那點溫度，還是具有某種療癒功能。

張毅

因為愛，大男人也囉嗦

他很酷，老是抿著一張嘴，不愛說話，也很少聽到他長篇大論。最近竟然看到他反常了，在他兒子的婚禮上，從兒子出生時臉色變綠，因為臍帶纏住脖子說起，接著是兒子拿著玩具槍，要保護父親，不被上門索債的黑道欺負。他的理由很簡單，要讓親家知道，他的兒子是個怎樣的好男子。

我們幾乎是從頭笑到尾。卻在嘴角笑酸的同時，理解到一位一路上守候著兒子成長的父親心境。於是，我發覺眼角濕了。

龍兄與虎弟

以一個旁觀者來看，如果我是這兄弟倆的父執輩，我會偏愛正方。正方機靈活潑又聰明，也許他多情不算專情，畢竟他做了咱沒有膽子做的事。還有，他在美國帶起學運高潮，那得多帶種？至於正中，做學問的肯定個性較保守。

我若是正中的師長，當然深深地以正中為榮。我若是單身女子要擇偶，那就要將繡球扔給正中了。正中成天關在研究室，沒空休閒，他賺的錢，足夠我帶著孩子四處遊玩、回台、省親、逛大型百貨公司……多美啊！

陳瑞獻

狂人藝術家的真

編輯要我張羅好友為這本書寫幾句「祝福的話」，面對著電腦與電話，我開出了一串名單，榮膺困難度第一名的就是瑞獻老師。躊躇半天，終須面對。

我寄出了一封信，做了最壞的打算。瑞獻老師就算以不回覆來表示忙碌無閒，我都當作是最好的結局。第二天，瑞獻老師立刻回信；我猶豫了半晌後點開。嚇！竟然中了大獎。瑞獻老師不但寫了，還特別交代，他的文字任我修改處置。我，只能猛唸：阿彌陀佛！

北風與太陽

塭見是我的剋星。我沒辦法對他發火，因為我知道，就算給他一拳，他從地上爬起來後，還會認真地跑來檢視我的手是否扭傷了，打疼了。

我一向很好妥協，有時甚至都會責怪自己太沒原則。但是，與拍攝工作相關的堅持，我倒是誓死不讓。剪接塭見這一集節目時，剪接師與企劃不斷向我吐苦水，抱怨素材不夠，我真恨不得搧自己一記耳光。

不過，我還是承認，塭見就是我喜歡結交的某一類朋友。

猛娘背後的光

我慶幸，張平宜不是我老婆。一個大家子，老婆一年到頭往外跑，整個家交給岳母大人操持，如果我是她老公，撐不到三個月就會崩潰。換句話說，我也沒有資格當平宜的老公。

曾經，平宜為新書召開了一場新書發表會，我到晚了，發現可容納百人的會場擠爆，我在人群中一回頭，發現平宜的老公帶著兩個兒子，遠遠地站著。那大小三位男士的臉上，嘴角上揚，迷濛著愛戀的眼神，盯著舞台上的平宜。那個剎那，我明白了，平宜的成功是有道理的。

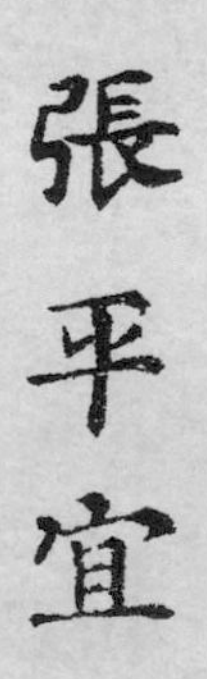

陳正毅

他一直在那裡

正毅兄的女兒佳錡出閣了。原本必然要去觀禮的我，臨時被無法推卸的俗務調往外地，只好央請老婆大人代為出席。佳錡知禮懂事，事後不但寄來謝卡，還在年底捎來賀年卡。

我一直心疼這個女孩子，辭去工作，照護重病的父親，的確太難得了。我曾在佳錡無什表情的臉上，觀察到她的堅韌與認命。雖然來不及牽著女兒的手進入禮堂，但我猜想，正毅兄肯定會在另一個世界，對著她的女兒女婿，不急不緩地，以他慣有的慢動作，高高舉起酒杯……。

楊祖光、梅遜

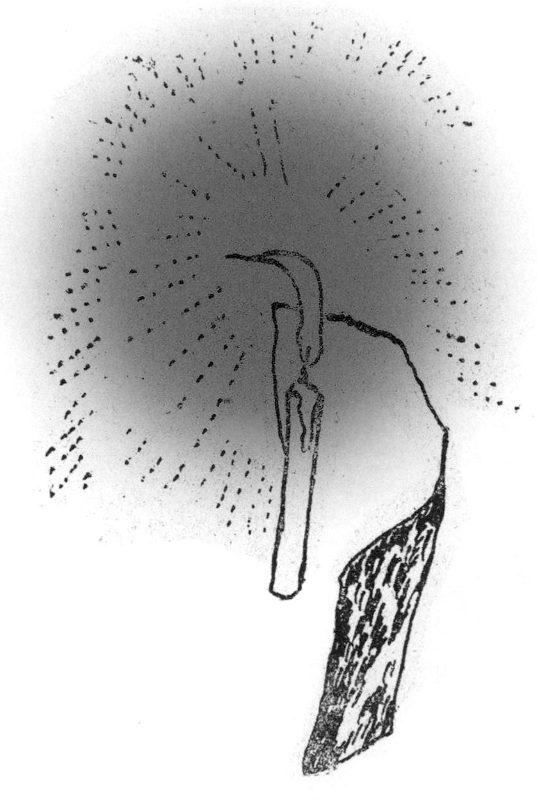

小太陽

每逢年節，免不掉會想起梅遜、祖光父子。農曆年前，我略備一份薄禮想送過去，接電話的祖光有些遲疑，說是父親在午睡，他在感冒咳嗽，恐怕不方便。我硬是厚著臉皮奔了過去。果然，開門的祖光一臉倦色，戴著口罩；他為難地說，父親仍在午睡。我猛搖雙手，表明不進去了，但看得出來，屋內素樸依然，也齊整許多。

沒兩天，作家好友愛亞告訴我，她曾想帶些禮物去探望梅遜，梅遜跟她說，如果帶東西，就不用去了。結果，愛亞當然是兩手空空前往。愛亞感嘆，像梅遜如此有氣節的文人，今日何處尋覓？

溫暖的推手

前兩天，我打了通電話給尚軒媽媽，邀請她與尚軒加入我們二〇一六年「讓生命亮起來」的演講的講師團隊；我一直鼓勵沒有演講經驗的素人們，只要以真實誠懇的態度，將飽含生命張力的人生故事分享給需要的人，就算技巧不好，依然可以撼動聽者。

尚軒媽媽開心地連說幾個好字，還再三強調，參與此一有意義的活動，是她與尚軒的榮幸。掛了電話後，我才發現我漏了一句話：「得以邀請到妳們母子倆加入，真是我三生有幸」。

百年樹人

都說台灣的教育因為教改而偏離航道，此一教育危機，使得許多有識之士擔心不已。我倒是沒那麼悲觀，因為，還有許校長這樣的有心人，默默為百年樹人的大業勤懇耙犁、播種。在他服務的屏東公館國小，我看到、聽到、嗅到、觸到的，全都是有機健康的元素。學生與老師所展現的蓬勃朝氣，令我安心且歡喜。

據說，許校長再過兩年就要退休。嗯……這才是我害怕的。好的人才留不住，這才是台灣教育界最大的隱憂啊！

許嘉政

夏台鳳

淚水淘洗過的人生

那天清晨，典型的台北冬日天氣，冷、雨；我叫的車子久久不來，眼看公祭的時間就要到了。好不容易坐上車，司機先生的火氣比我還大，抱怨找不到我家。我不受司機壞情緒的干擾，一句話都不回應。

與其說，我要去殯儀館參加鄒顯的喪禮，還不如說，我要去替台鳳姐加油打氣。因此，我怎可帶有任何負面的情緒？在與台鳳姐擁抱當中，淚眼模糊。台鳳姐還需要更多的時間汰洗，才能療癒如此巨大的創傷。我，只有祝福。

周麗玲

愛的魔法

我特別喜歡巫媽的聲音，清脆響亮，彷彿有用之不竭的勇氣與熱情。也多虧了巫媽，巫爸才能經常展開無邪的笑容。每每在臉書上閱讀巫媽的貼文，我從來不曾感受到任何焦慮、黯然等負面感染。反之，都是陽光的、溫暖的、希望無窮的正面訊息。

我也邀請了巫家四口，擔任今年度「讓生命亮起來」巡迴演講的講師。巫媽以銀鈴般的爽朗音調告訴我，放心！她們一家四口一定同時出動；她還感謝我，讓她們四個人有十足的理由得以同時出遊！

總是為他人著想

一個人，需要有多麼堅毅的心志，才能抵抗美食的誘惑？才能數十年維持一定的體重？理由無他，劉銘一向律已甚嚴。許多缺乏無障礙空間的場所，寸步難行的劉銘，需要有義工抱著他，跨過許多障礙與難關；他的妻子淑華，也經常需要背著他，一步步地往上爬。

沒錯，劉銘也是體貼的，他不忍自己的重量造成義工與另一半的負擔。他不愧是我心目中的男神。

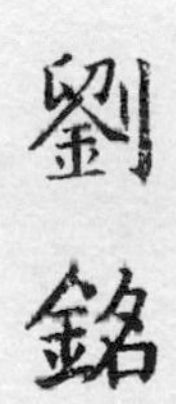

願心與念力

杜聰太忙了！他簡直就是個工作狂。他有辦法飛往加拿大的多倫多參加義賣會，三天後，飛回大陸的河南；兩天後，又趕高鐵去上海，停留兩天再返回香港。他的身體承受得住嗎？我擔心。

他最近帶領孩子到巴黎參加世界麵包大賽，他的孩子得到第四，還打敗了強敵日本。得知消息後，我真是為那些孩子們開心；當然，更要讚歎杜聰培植愛滋孤兒的願心與念力。改天，我得建議他好好關照自己的健康，他畢竟不是變形金剛。

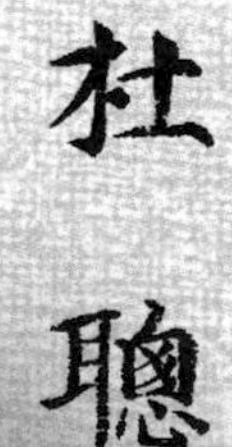

哥哥爸爸

他日昂頭挺胸再相見

中華民國一〇四年（二〇一五）十月十六日，一個純粹以民間之力完成的活動，志不在寫史，只為了不要在歷史中淨留空白，徒然愧對後世罷了。

感謝幕前幕後所有參與的個人與團體。我們在日後的某一天，終能昂頭挺胸地在另一個世界裡，與那群心中有國，卻悲苦一世，身心殘破的哥哥爸爸們相擁重逢。

自序

迎著光，就會照見勇氣

小時，我是個迎光少年。

據說，大人把我抱上桌，只要報出歌名，我立刻能像收音機的點播節目，毫不含糊，也絕不怯場地滿足觀眾的期待。就算是出麻疹，在家關了許久，才一復原，回到幼稚園參加畢業典禮，我還是拿到生平的第一個第一名，還被大人抱上台，代表致詞。

記憶中，在台中省二中操場邊的眷村裡，有一棵大樹，夏間的夜晚，躲貓貓、踢罐子，我玩得極好，經常能以英雄姿態，將被抓的夥伴們救出來。我知道，當時我的小臉蛋，肯定是激昂成紅通通、油光光的，像是只有生病才吃得到的小蘋果。

可是，也總會有些殘破的鏡頭，如碎玻璃，如鏽鐵釘，扎破了在陽光下優游輕飄的五彩氣球。例如：踮著腳倒水喝，將家中最漂亮的玻璃水罐打破在地，驚嚇無助的當口，母親的巴掌如雨點似地劈頭落下。吃晚飯時，大姊被吩咐去公用廚房檢視蒸蛋是否熟了，卻因提早掀開鍋蓋，蒸蛋水掉了，大姊被揍，我也跟著她嚎啕，一時不知是替大姊疼痛，還是因為少了心愛的一道菜。

迎光少年，逐漸走出了光圈之外。所謂的「少年不識愁滋味」，對我，不靈了。

沒錯，不用考我國語，我已深刻體會，迎光的反意字，就是背光。背光，早早昏了、也毀了我的快樂童年。

眷村裡，家家都是門戶洞開，人人親密往來，我往往也是小玩伴心目中的小哥哥；不過，為何我一個不小心，就讓某家小弟弟的臂膀脫了臼？明明是他纏著我，要我陪他玩「造飛機」的啊！要不，又是我腳下的小板凳好端端地將福利社櫃櫥的玻璃給踢破了，明明是旁邊有人推了我一下的啊！母親為錢心疼的同時，也氣我老去人、老生事，打我的力道就益發凶猛。

雖然還那麼小，為何我已深怕小夥伴黏著我，不放我回家吃飯？那是一種沉滯掛心的負擔，害我的氣一下接不上來；我開始遠離他們。我心愛的小貓咪，在母命難違的情況下被我親手送走；霎時，我換了個人似的，見到貓狗就想一腳踹開。我的頭頂，老是有那片唱衰的烏雲繚繞不去；就是沒有一個慈悲的神仙能夠救我、保佑我，特許我過上兩天無災無難的好日子。之後，日子益發難熬，我只想潛沉到沒人注意的床底下，最好永遠沒人理我。成長的代價太大，躲在烏雲四攏的陰影下才能喘息；原先迎光向陽的那株小樹，不知不覺地，蔫了，枯了。

背光的歲月中，偶爾會有勇敢的光束，撕開比瀝青還要稠黏的烏雲，曬熱我那酷冷的背脊，覺得心底厚重的冰塊終究溶解了些水滴，雖然那水滴比明礬還苦。有時，陽光老不來，退而求其次，哪怕是弱勢的月光，也能照亮鄉間小道，引領我來到寬闊無人的河堤上，學著孤狼狂吼長啼，痛批無望無亮的天地無法容人。

長年負面的情緒，養成了我倒看人生的慣性。如果遇到波折，那是合理；萬一順遂，那是撿到的。日後，此一習性，一旦對準了職業，就會一發不可收拾。我的記者生涯因而酣暢淋漓；那是沒得商量的原則，我所有著眼下筆的基調，全是矛盾與糾葛。

等到有一天，終於懂得反省檢討懺悔了；我反照鏡子，察覺當年的我，嘴臉不知有多討人厭。難怪敢於直言的朋友都說，那時的我像是刺蝟，成天板著臉，彷彿全天下的人都跟我有仇。如此載浮載沉地穿梭在被汙染的嗔癡河流許久，我的命運之河，居然也有流淌到寧靜海的一天；滿載的滾滾泥石與流砂，逐漸沉澱；激越的浪花也隨之消波平逝。

我製作了點燈節目。

寫出「點燈」企劃案的原動力，即是我對台灣社會極度不滿的投射。剛從日本回來的我，對周遭的環境極難適應，我極端厭惡那股追求百般慾望，卻能堂皇地找出一卡車粉飾自我的歪理，最後還贏取了滿堂掌聲的病態氛圍。於是，我另闢蹊徑，想出了一個口號：「知道感恩的人不會變壞，知道感恩的社會不會變亂」。不過，我原本可以朝向另一個批判咆哮的路線設計節目的啊，難道不是嗎？

一切只能以「不可思議」這四個字來形容——我遇見了今生的明師——聖嚴師父。

作為點燈節目第二集的來賓，當時懵懂迷茫的我，完全沒有料到，只不過半年之後，聖嚴師父他老人家，以嚴厲的眼神、到位的責罵、和藹的笑容、慈悲的身教，一步步地引我受教，讓我一層層地撕去頑劣粗鄙的皮相，倉皇謙卑地跪在他的座下，學習正視自己的本來面目。

就在點燈節目進入第二年之後，冥冥之中，似乎有人在把著我的手，教導我將掌著的舵，朝向了另一個不曾涉足過的領域：我帶著攝影隊去梨山，探訪就快絕跡的櫻花鉤吻鮭，由此延伸到環保議題。我跑去高雄，將器官捐贈的故事接連做了好幾集，在無數次淚眼模糊中，我體會了生命的喜捨是何等崇高的情操。我甚至去關注弱勢團體，在罕見疾病、身障人士不向命運低頭的掙扎中，舉目看到他們卑微又尊貴的生命曲線。

那位領著我，帶著我，幫我下指導棋的，也就是聖嚴師父。

不知不覺地，在我生命裡，甚至姓名中，注定要有的那個

「光」、那道「光束」，漸漸地在我身上出了變化。我的額、我的眼、我的臉、我的胸，有了甦醒般的覺知，我重新感受到溫暖的光影，七彩的光暈，在我的頭頂啄吻、閃現。

我又開始迎光了。

認為我傻得無可救藥的同行、朋友們，或許真的無法想像，我在人生跑道上追尋迎光、閃躲背光的翻滾過程裡，皮肉的創傷印記早已結疤淡隱；如何在負面的泥濘裡倏然挺出，努力洗除一身汙穢，這才是此生最為殊勝，最為難求的恩典果報。

這本書，我要獻給恩師──聖嚴師父。

其他需要感念的好人太多太多。這本書中每篇故事的主角人物，請接受長久受腰痛所擾的我，誠摯的一鞠躬。

我太有福報：鼎公（王鼎鈞）、陳瑞獻老師、梅遜老師、王正方導演等大前輩對我的呵護與關愛，如此的厚重深摯；俠軍、劉銘、平宜等諸老友，對我的要求永遠一呼百應；去西方世界做菩薩的田爸和正毅兄，一味地偏袒我愛惜我；柯一正導演、孫先生、張龍光大兄包容我也拉拔我。我何止上輩子燒了好香？

當然，也不能遺漏聯合報副刊宇文正主任、繽紛版的前後任主編林德俊與譚立安，如果沒有他們的督促，有了每月一篇的「跟著斗哥友天下」專欄鋪墊，我又如何在成日倥傯忙碌的隙縫中，寫出這本紀念「點燈」二十二週年的專書？

同樣，感謝子欽、毓瑜，在最為危急之際，延攬了所有最艱難的編務工作；文訊雜誌社的封德屏社長和秀威社長宋政坤大力促成這本書的問世。

最後，祝福所有翻開這本書的有緣人，以及閱讀這本書的讀者朋友們，祈望您不要怕曬，不要畏光；請勇敢地邁開大步，迎光前行。就在光譜投射的同時，勇氣會在您的體內油然而生，絕不消逝！

目次

第三輯 我記憶中最溫暖的角落

第一輯

將火把傳遞下去

花蓮不願具名的孫先生捐出鉅款，

延續了「點燈」兩年二個月。

大文豪王鼎鈞人如其文，溫煦莊嚴，待人醇厚。

陳慧興上校與翁文祺大使為了葬身異域的國軍奔走，

終於使無名英雄死後安身。

逐漸凋零的眷村叔叔伯伯們，他們的故事不容遺忘。

身體有礙，心中有愛的劉銘與他的「混障綜藝團」，

讓我們看到，生命以奇妙的方式展現奇蹟。

與其感嘆世界黑暗，

不如成為一根火柴。

燒著燒著，你成了熊熊火把，

甚至點燃了別人的生命。

天使來敲門

孫先生

開著中古車的天使

他開著不起眼的中古車，手提著提袋，裡面是滿滿的現金。

「快過年了，你們肯定急著用錢。」他說。

這位天使前後共贊助了點燈節目兩年又三個月的製作費。

小時候，物質匱乏，曾跟著眷村的哥哥姐姐去上主日學，去背經句，去報佳音。圖的是畫有漂亮天使的卡片、補貼的公車錢（走路回家，可以買零嘴），甚至是牧師與神父的讚揚與大手摸腦袋的溫暖……。

及至成年，因緣際會，開始學佛；對於同樣是勸人向善的基督教與天主教，也從未興起過我慢心。尊重不同的宗教，是任何人都該具備的良知與素養。

因此，如果您問我，無論是宇宙間，或是我們生活的空間裡，是否有天使，有菩薩？我會懇切又確定地告訴您：有！

理由？很簡單啊！因為我遇見過，而且有好多好多。

本文向各位介紹的這位天使，我一向稱呼他為 K 先生，因為我怕他不願意讓人家知道，他長了一對翅膀。不過，基於時代不同，有些舊有觀念應該稍加修正，因此我認為，值此亂世，應該讓更多的人知道，「為善必須讓人知」；我們要讓善的循環融入在空氣裡、呼吸間；我們要將天使的良善與愛行，驅走魔鬼的狡詐與毀敗。

他姓孫，來自花蓮。大家稱呼他的英文名字 Calvin。

那一年，由我製作的點燈節目照例又缺錢了，雖然成立了協會，向外募款，但是每週一集節目製作的預算，讓人無法停下腳步，喘一口大氣；募款的速度，往往被管銷的流水帳遠遠甩在後面。因此，在接續乾旱三個月之後，公司的小朋友忽然福至心靈地提醒我，兩年之前，我們正在「撞牆」時，不是曾經有位先生透過網路，表示願意贊助「點燈」嗎？我訕訕回答，後來我們募到錢，把人家回絕掉了，如今回頭去找，說不定人家已經沒有意願了。小朋友堵了我一句：不試試看，怎會知道人家不願意？

會議結束後，我立刻回頭到龐大的網路信件裡去撈，總算找到他的信箱。當下，我就寫了封求援的信過去。沒想到，當天晚上，我就接到了回信，對方立刻告訴我，願意贊助一季（十三集）的預算。我反覆看了回信好幾次，幾乎不敢相信，因為，他連條件都沒談啊！我們有好多優惠條件回饋，包括片尾的贊助大名落款，十三集的 DVD 一共一千三百片……。您知道嗎？他後來居然拒絕了我們所有的回饋行動，最後熬不過我們的纏功，只同意一件事，在每集片尾，以他過世母親「孫媽媽」之名，與「點燈」一起加油。

也是後來才知道，他在十數年前就是「點燈」的忠實觀眾，他被我們曾報導的許多故事感動過，其中有一位花蓮的吳方芳女士，為了救援雛妓，被黑道追殺恐嚇到罹患重度憂鬱症，卻仍不鬆開救援雛妓的手……。他說，當時他曾跟自己許了個願，如果日後有機會，他願意贊助「點燈」。沒想到，這個小小的願，居然在日後燃燒出一柱熊熊的火炬。

三個月像是飲用一杯珍珠奶茶，咻的一聲就見底了。有一天，他來了電話，問我們後續的製作費募到沒？我很慚愧地回他，還沒。他沒有多加考慮，就果斷地說，再加碼三個月！我有點口吃，嘟嘟囔囔地跟他說，他是一家大公司的總經理，不妨可以考慮用公司的名義來贊助「點燈」（那是間LED 燈的製造公司）。他竟然回答道，公司的股東太多，要一一說服太麻煩，還是他自己來吧。啊？不都說，愈有錢的人口袋愈深嗎？我更是不肯放下電話，急忙向他表白，「點燈」是個強調感恩的節目，我們已經受到他如此碩大的照顧，居然沒見過他本人，也不曾當面向他說聲謝謝，是否可以找一天去拜望他？他俐索極了，立刻說好，當下約定時間，願意來「點燈」一趟。

一月份的台北早晨是頗帶寒意的。約定的那個上午，我在馬路邊上守候著，心中瀰漫著一股說不出滋味的暖流。我自作聰明，揣測他就算不開進口車，也會是高級的日本車。左顧右盼一會兒，一部灰撲撲，極不起眼的中古車停了下來，我連正眼都沒瞧一眼。但是，一位中年男士下了車，提著一個手袋，笑盈盈地朝我而來，我還沒反應過來，他已經開口叫我。他說，他查過了，知道我不是詐騙集團。我請他上樓，他拒絕了，說是大家都忙，不必客套；他將手上的提袋交給我，我一愣，他解釋說，快過年了，我們肯定急著用錢，那是一筆現金，趕緊拿去用……。我忘了是否跟他說了謝謝，我也忘了自己是怎麼回到公司的，我卻永遠記得，我走進公司的一剎那，全公司像挨了炸彈，大家尖叫，然後紛紛點頭道，天使來敲我們的大門了……。

也因為他的紓困，我決意將「點燈」的視角拉得更開，不要只侷限在台灣，應該讓台灣的觀眾拉開心胸，看看外面的世界有多大，不要夜郎自大，甘做井底之蛙。因此，我們跑到汶萊、馬來西亞、新加坡……。透過節目，看到海外華人為了維護中華文化所花費的心思與努力。我們也到四川的汶川，將那塊被撕裂的河山拿來警惕同是生活在地震帶的台灣民眾，要趕緊尊天敬地，好好愛惜腳下的土地，不要再濫墾濫伐。我們也趕到日本東北，親眼見證地震海嘯所帶給人類的教訓。我永遠記得，在汶川的夜晚，我含淚寫信感謝他，感謝他延續了「點燈」的燈火，讓我們有能力來檢視，台灣真的是塊福地，我們非得知福惜福才行啊！他第二天回我信，誠懇地跟我說，他會盡最大的努力，陪伴「點燈」走上更長遠的路。

二〇一二年底，他提前知會我們，有感於台灣的年輕人謀事不易，他要將贊助「點燈」的善款，在次年改去支持一些年輕人創業。果不其然，才不過數個月而已，我就看到他扶植的年輕人建構了欣欣向榮的新農業體系，也呼朋引伴地招呼同儕，共同成功地擁有了自己的天空。

臨別贈言，他語意深長地鼓勵我，無論往後的日子多艱難，我一定不可以輕易放棄「點燈」的理想與實踐。我也答應他，不會辜負他的期望。

他前後贊助了「點燈」兩年又三個月。給了我們繼續拚搏的能量與啟示。

我真的很幸運不是？能夠遇上如此有心有愛的天使。

看過了這個故事，衷心期待，我也能將這份幸運傳遞給您。祝福您能時時顧及他人，時時想到散播希望與愛給識與不識的他人；我深信，終有一天，您也會聽到敲門聲，然後，一位舞動著翅膀的天使以盈盈的笑臉對著您……。

紐約也有我的家

王鼎鈞

拿基督教的護照，卻取得了佛教的簽證

聖嚴師父圓寂後，以聖嚴師父為主角的〈他的身影〉在紐約首映，

人稱「鼎公」的王鼎鈞毫不遲疑地為之站台。

他以行動緬懷老友，照拂老友之後。

儘管他實則為虔誠的基督徒。

若說他是我友，肯定是僭越了。

若說他不是我友，又該如何繼續下筆？

如果說是忘年之交呢？或許說得過去。

他大名鼎鼎，人稱「鼎公」。

今年九十高齡，卻依然筆耕不輟。

他的文章往往如山澗的溪流，摩娑石磊，清冽秀緻，柔順甘甜。但轉個彎，隨著山勢奇突而水勢坐大，隆隆奔騰，撞擊人心。

與「鼎公」結識，要拜恩師——聖嚴師父所賜。

將近十二年的光景，師父每年春秋兩季，前往世界各地弘揚佛法，我累劫累世累積下的福德，讓我得幸追隨在師父近側，以文字與影像紀錄師父的開示，乃至親眼目睹他老人家在旅途中顯現的病顏、童真、幽默，甚至可愛的露齒一笑……。

因此，紐約的「東初禪寺」便成了我在海外的另一個家。

跟著師父在紐約轉機，或在當地參加大型活動，我都會在絡繹不絕的訪客中，看到一位與師父一樣面貌清癯的老紳士；師父的出家弟子偷偷告訴我，那就是華人社會夙負盛名的大文豪——王鼎鈞先生。

自此，我也跟著大夥稱呼他一聲鼎公了。

鼎公亦曾透露，此一外號自他年輕時就跟著他，起先有點諧謔之意，蓋因友人們因他一貫的憂國憂民作風而名之。

從年少時開始看鼎公的書，膜拜他文字魅力的同時，也一直想像，他應該是一位不苟言笑的學究，是位思想家，也是位哲學家。

因緣果真奇特。時隔數十年，仰慕崇拜的大師，居然在紐

鼎公（左）與我。

約出現。後來，我在師父的諸多著作中，經常看到師父與鼎公的互動。及至最近閱讀鼎公的日記選集，也才發現，師父也不時地出現在鼎公的思維範疇之內。不過，我能真正開始親近鼎公，已然是師父最後一次回到紐約的旅次之中。

那回，師父的健康情況已急遽轉差，醫師團隊並不贊成師父出國奔波，但師父堅持到紐約主持一個聯合國的青年高峰會議，「盡形壽，獻生命」的信念是師父說服醫師團隊的理由。

某夜，在東初禪寺，師父已經累至聲音乾涸，眼神無力。但是，師父還是堅持要見前一天已經來過的鼎公與他的友人。我是後來才知道，鼎公是受友人之託，一定要抓住機會見上師父一面。

鼎公自幼就與母親信奉基督教，是一位虔誠的基督徒。但是，鼎公對於宗教的研究是有治學精神的。無論是聖經與佛經，都有深入的見解。他有一句名言：「拿了基督教的護照，卻取得了佛教的簽證」。某些基督徒斥責他接近佛教，或是佛教徒以特異的眼光看他，也就不足為奇了。

那一晚，較師父年長多歲的鼎公，居然以晚輩的口吻祈請師父「以幾句話來訓勉一下晚輩們……。」我幾乎不敢相信自己的耳朵。但也因此對鼎公更增添了數倍的好感與敬意。

三年後，師父圓寂。

再過一年，我又飛往紐約，開始籌拍師父〈他的身影——盡形壽，獻生命的弘法苦路〉影集，訪問鼎公當然是非常重要的一環。

鼎公毫不遲疑地站出來，替＜他的身影＞站台，在法拉盛辦了一場盛大的記者會。鼎公說，聖嚴師父是他的好朋友，師父不在了，他更要義不容辭走在眾人前面，替我們敲鑼打鼓……。我聽了，低下頭，強忍心頭的翻攪。鼎公的情意不是口中說說而已，他是以行動來緬懷老友，照拂老友之後。

鼎公對我的關照與熱情也讓我無以為對。他不但請師母在家中烹煮了一桌的素宴來招待我與隨行的工作人員。還送了我們簽名書，替我們加油打氣。飯後，我們起身告辭，在秋風呼呼的寒夜裡，鼎公戴了帽子，立於門口，在昏黃的門燈照射下，揮著手，目送我們遠去。我頻頻回頭，貪戀鼎公在那一瞬間給予我們的呵護與溫暖。剎那間，我有些出神，彷彿也看到師父立在他的身邊，笑著向我們揮手道別……。

〈他的身影〉影集完成後，我們決定在紐約首映，不但要對師父推動佛法到西方世界的悲願有所交代，也好向師父在西方的弟子、信眾、學界、文化界友人致意。首映之日，鼎公早早就趕至曼哈頓的會場，拉著我的手久久不放。

試片結束後，鼎公第一位上場，對影片讚譽有加，還對我豎起大拇指。不過，在茶會的空檔，他又悄悄地拉我到一邊，對片中的一個小節提出看法；還不停地解釋，是為了影片盡善盡美，讓更多不識聖嚴師父的觀眾在看過後，也能興起敬慕之心。

我將懷念師父的情感，很自然地也轉移到鼎公身上。當我讀了他的《人生四部曲》巨著之後，對他的景仰也達到了巔峰。原來，他可以將情感的鋪排與文字的洗鍊，交集成如此水波不興，卻又澎湃襲人的絕境。他的書，真的是人格的完全投注啊！

這些年，為了點燈節目，我南征北討。鼎公趁我在紐約期間，還在他帶領的讀書會中，率先捐款給點燈基金會。為了安我的心，還說，是他兒子的一點心意。爾後兩年，我沒有機會去紐約看他，他偶爾會在網路上留話給我，問我何時去玩？就算有法鼓山的僧俗信眾去看他，他也老是在打聽我的現況。

二〇一四年初春，我終於又因公去了趟紐約，他早早就在打聽我的行程。雖然他最近因耳力不好而不太接聽電話，但是，我一到紐約打電話過去，他卻還是親自跟我說起話來。

約定的那天，我坐著友人的車，去接鼎公外出吃飯。

車子才駛進他家的停車位，就看到一位腰桿直挺，有如年輕人的身影背對著馬路，遠眺著籬笆後的花園。我一度以為是他兒子回來了，等我輕聲一喚，他一個轉身，赫然竟是鼎公本尊。

台灣與紐約有十二到十三個小時的時差。卻因為有了師父的身影和鼎公的記掛，縱然山阻海隔，我已將它視為另一個故鄉。那裡也有我的家。

鼎公不同時期的照片。

英雄本來就有淚

陳慧興、翁文祺

是小人物，也是英雄

為國葬身異域緬甸的中華民國遠征軍，

數十年來，已經被歷史和國家遺忘了。

但有兩個人堅持為了這萬千英魂四處奔走，

排除萬難，終於將之迎祀歸國，安厝忠烈祠。

他們是陳慧興上校與翁文祺大使。

他們是大時代的小人物，也是有血有淚的英雄。

懂得命理的好友曾經指出，我的命格乃至姓名都帶煞氣，如果今生從武（軍），或許會有意想不到的開展。我猛然搖頭，連口回說，我的個性一扳就斷，吃軟不吃硬，萬一從武，最終不落個軍法審判才怪！（雖說如今沒了軍法。）

不過，我一直都是尊敬軍人的。

已故老爸是職業軍人，從小讓我在眷村長大。在我成長的過程中，接觸最多的當然是職業軍人。眷村裡，同齡的玩伴有不少選擇了軍人作為終生職業。也記得，二姊高中畢業到台北報考政工幹校落榜，關在房裡哭了好久。

我與軍人終是有緣。

去年，我遇見了一位剛退役的陳慧興上校，他的出現，促

陳慧興上校

成了我再次決定來做一件眾人口中「吃力不討好」的事。

我是在一位楊師姐的牽引下，與陳上校結緣。楊師姐九十多歲的父親楊一立老先生，是孫立人將軍麾下的部屬，曾參加二次大戰緬甸遠征軍的行伍。孫將軍治軍嚴厲卻帶心，楊伯伯那一輩的許多同僚，都受到孫將軍被黜的影響；有的被迫解甲離營，有的甚至被羅織罪名，鋃鐺入獄。他們為了生存，只有自食其力。楊伯伯在出獄後，自謀生路，從工人幹起，後來成為營造商便是一例。

他們分散在台灣各地，其中不少人還遭到情治單位的盯梢，時時生活在白色恐怖中。但他們都打落牙齒和血吞，沒有任何抗爭的舉動，只能自嘆生不逢時，卻始終以曾經是遠征軍的一員為榮。

楊老先生年過八十後，還曾自備小型攝影機，單身前往緬甸的仁安羌等舊日戰區，緬懷憑弔當年死難的眾多兄弟。老先生最難受的是，中華民國遠征軍當年是勝利國，但是，喪命異域的袍澤們，如今依舊埋屍於荒煙蔓草之中，就算是墓地也多遭破壞；反觀戰敗國的日本，在當地大修墳地、大建墓碑，連作戰的馬匹大象都享有墓誌銘；他們的總理訪問緬甸，第一個行程就是向他們的墓碑致祭⋯⋯。對照之下，我軍的身後愈見蕭條與不堪。於是，楊老先生開始向兩岸的領導階層寫信，甚至數度趕赴廣州，替那些曾自緬甸遷葬回的遠征軍墓地，遭到當地人士強占與汙損等狀況，向當地政府抗議。

楊老先生永遠記得，遠征軍當年在印度整編時，曾在盟軍的閱兵大賽中，僅僅穿著草鞋上場，就以壯大的軍威與高昂的士氣，在六個國家中搶得冠軍寶座。只可惜當年的獎座獎狀，都因年代久遠而紛失。因此，楊老先生又自行寫信，並託人翻譯成英文，寄往聯合國，希望英軍能正式承認歷史上確實有過此一陳跡。

後來，聯合國將此信轉給英國，英國又轉到他們的駐印度大使館，大使館的人再將此信轉送我駐印度代表處。當時的駐印度代表翁文祺大使，將信交給擔任武官之職的陳慧興上校，決意要全力來替楊老先生以及他背後死難十萬人以上的國軍，找回昔日的榮光與尊嚴。

這兩位不怕事不怕難的有心人，首先飛到印緬邊界，曾經訓練遠征軍的舊地；同樣的，在荒煙蔓草、破落傾倒的模糊墓碑上，讀出當年因病、因意外在當地亡故的國軍墓地。照理說，當時是旱季，但是，卻於他們上香祭拜之際，突然落下傾盆大雨，大使與陳上校對望一眼，心中更是篤定。

之後，他們與英國政府斡旋，希望能拿回楊老先生渴望已久的尊榮。同時，也與國防部及各相關單位聯絡協調，並向總統報告，希望能讓這批被國家遺忘了數十年，埋屍異域的萬千英魂，得到該有的撫慰，迎靈回國，安厝在忠烈祠中。

緬甸政府不好說話，加上對岸在緬甸已經營長久，這件事不易進行。最後，他們找了在緬北出生的遠征軍後代，靈鷲山的創辦人心道法師，通過萬般周折，率領了三百位僧人，於二〇一四年的八月二十四日，在緬北主戰場之一的密支那，舉行了一場盛大的超薦法會。據說，法會舉行的當口，同樣發生了烏雲狂奔，狂風大作，雷雨齊下的異相，使得現場的僧俗四眾都為之悲切難挨。

同年的八月二十七日，軍旗飄飄，軍樂隆隆，在異域委屈飄蕩了數十年的十萬英魂們，終於被迎祀到忠烈祠中……。

中華民國遠征軍在緬甸寫下的戰史，其實與台灣民眾的福祉息息相關。二次大戰的前四年，中華民國獨力抵抗日本

圓山的忠烈祠，一門之隔，擺放的皆是為國為家，忘我犧牲的哥哥爸爸們。

軍國主義的侵略，一路潰敗，死傷慘重，沒有盟軍的任何援助。一直到遠征軍在緬甸仁安羌大捷，讓盟軍對中華民國的國軍有了新評價，邀請蔣介石到埃及舉行開羅會議，決定戰後要將金馬台澎歸還給中華民國。

陳上校是位熱血真誠的革命軍人，加上述說清晰真誠，總讓聽聞者為之氣血沸騰。每當他說到曲折迴轉處，眼眶會不時泛紅，泛起一層水霧。

兩年前，我隨著點燈節目的外景隊到過緬甸，踏上過滇緬公路，面晤過幾位碩果僅存的遠征軍老伯伯。其中一位戴著氧氣罩的九十幾歲老伯伯說，他生前的最後願望，就是希望看到紀念昔日袍澤的石碑豎立起來。因此，第一次聽到陳上校說起這段故事時，那股沉重的力道，立即撞擊我的胸口。我跟陳上校說，來吧！我們看看能夠做些什麼吧！

籌募了將近十個月，雖然許多朋友勸阻我，在媒體一片撻伐軍人的叫罵聲中，要想找人集資舉辦「哥哥爸爸真偉大——向國軍致敬感恩演唱會」，並不是明智之舉。所幸，另一批好友不但贊同我的理念，也紛紛伸出援手，跳了下來。

我們要致敬的，是遠自七十年前保家衛國，抵抗日軍的國軍；是離鄉背井，生命殘斷，奔至台灣的國軍；是八二三砲戰，立於古寧頭上，抵擋共軍的國軍；是讓我們這幾十年來，得以過上安定富足，不必逃難跳海的國軍……。

陳慧興上校與翁文祺大使，固然也算是大時代中的小人物，但是在我眼中，他們就是有擔當、有理想、有韌性，有血，當然也有淚的英雄。因此，誰能阻止我高唱：「哥哥爸爸真偉大，名譽到我家……」？畢竟，你家，我家，都有他；沒他，少他，就無家！（喔！還有，據說楊老先生至為在意的冠軍證明，陳上校已經為他跟英國要到了。）

哥哥爸爸真偉大

哥哥爸爸

這群飄洋過海，落地生根的人

我很慶幸眷村裡有這麼多的叔叔伯伯，曾經在我半夜發病時，開車送我去醫院；在我上學路過時，會摸著我的腦袋鼓勵我好好念書；在我的大腿生了乾癬時，會挖出家裡的祕方藥膏幫我治好；曾幾何時，他們都病了，老了，不見了……。

政治的複雜與我無關，我只期盼我所生長的土地，是個懂得感恩，知道懷想的善良人群所組成。誰說美好的時光喚不回來？重點是你是否存有一顆知道感恩，勿忘善良的心啊！

有位朋友，是著名的填詞人，他得過金曲獎。最近聽到他發牢騷，認為那首得獎歌曲因當年送審不過，唱片公司在結尾加了一段熱血彭湃的合唱，讓他至今備感恥辱。他還強調，那與他的政治理念相左。

這，就是我們此刻所駐足的烽火路口。許多人忙著翻舊帳，扔舊鞋；昨非今是的狂風巨浪讓整島的人都暈頭轉向，到頭來，國不成國了，就連「中華民國」這四個字，都有人聞之欲嘔。

「哥哥爸爸真偉大──向國軍致敬感恩演唱會」的記者會。自右起為主持人賴佩霞（右一）、陳慧興上校（右二）、詩人老兵張默（右三）、管管（右四）、總導演兼主持人郎祖筠（左二）。

如果要翻找生命的烙印，我有。先父是軍人，民國三十八年跟著部隊來到台灣。他是駕駛兵，連個士官長都沒混到。他帶著祖籍南京的母親，離開安徽老家，在台灣生下我。大姊是三十八年逃難時，於湖南衡陽不足月的情況下倉皇產下。

兒時的記憶都被牢牢栓在眷村的竹籬笆上。

父親在部隊裡的地位雖然輕若鴻毛，但是我的玩伴們從未以此霸凌過我。每到端午、中秋，父母的心情似乎特別好，難得可以休兵不吵，只因為父親帶回來一個以十行紙釘成的冊子，寬大的行列間明記著村尾的龔伯伯十元、校官的李伯伯三十元……他們合資了一份紅包，要給薪水低、孩子多的張司機一家加菜添肉……。而我，才初識字，不僅盯著每行字，腦海裡還浮起每位叔伯的親切面容，連帶著，我對十行紙產生了莫名的好感，日後寫信發稿編劇本，有好長的一段時間，都堅持使用十行紙。

南北薈萃而聚的叔叔伯伯們，皆操持著南腔北調。我一度很會模仿四川、河南、江蘇等各省口音，尤其是晚飯時刻，每個家門口，都有著不同腔調，呼兒喚女回家吃飯的女聲三重唱此起彼落，譜成了院落裡一生難忘的開飯奏鳴曲。

我生性敏感，加上生活在眷村裡，得以隨時推開任何一家的紗門，也永遠可以察覺出每家不同的氣壓與氛圍。日前上廣播人石元娜的節目，她要來賓自選喜愛的歌曲。當她在節目中要播放蘇芮唱的〈親愛的小孩〉時，忽而盤問我選擇此曲的理由？我說，村子裡有一個媽媽瘋了。大人說，她是想家回不去，想成了瘋子。每天，先生上班後，就輪到年紀小我一點的兒子守著瘋媽媽。瘋媽媽偏偏喜歡到處遊走，幾個皮孩子就跟著瘋媽媽背後喊些不堪入耳的話，瘋媽媽一旦回頭怒目而視，皮孩子們就開始扔石頭。

我永遠記得，那個可憐的小玩伴嚎啕大哭，不但求著皮孩子們不要再朝他媽媽扔石頭，還拉著媽媽的手，懇求媽媽跟他回家。有一天，有個小孩興奮地沿村大叫：「瘋媽媽在流血，要死了。」我跟著衝上菸廠的公共廁所，發現瘋媽媽坐在血堆裡，牆上都是她自己的血手印，她那哭到斷腸的兒子已啞了嗓；終於，大人出現了，說是月事來了，不要緊，眾人才逐漸散去。回到家，我問母親什麼是月事，還被母親賞了一個大巴掌。

我憶起那個無助的小玩伴，他們沒多久就搬走了，此後沒有一點消息。聊著聊著，我發現有道數十年來掩飾得很好，幾乎已無痕跡的傷口又破了、又流血了。原來，我一直都在自責，為何當時我沒有勇氣去保護那個小玩伴？不是什麼架都打過？為何就不敢去挑戰那些比我高、比我壯的孩子王……？在元娜面前，我像告解的罪人，竟然哽咽到說不出話來。

先父是個少話的人。但愛沽酒，經常要我去雜貨店打個兩塊錢的太白酒。有回，估計是年節，父親又喝醉了，母親要我端個臉盆到臥房，準備給父親嘔吐。當我才把臉盆放在地上，就發現日常不輕易顯露感情的父親在哭，嘴裡還不停喊著媽、媽呀……。

那一瞬間，我恨毒了酒，都是酒讓父親成了泥人似的，毫無一個做父親的樣子。父親原本是天，什麼都會修理，就算半夜都能出去變出我們隔天的便當菜來，到頭來卻讓酒給繳了械。直到我到台北念大學，有次與同學打完籃球去景美夜市吃飯，第一次喝了紅鹿五加皮，第一次喝醉，沿著景美溪回宿舍，我邊走邊哭，第一次發現，我懂了，我懂得父親了。我終於懂得他懷想家鄉，思念親人的苦楚了。

父親的晚年過得還算好，也活出了氣概，每每受了母親的氣，就不聲不響地由台中北上，到台北來投靠我。然後，每天坐二二二號公車到西門町聽紅包場。我偷偷塞錢給他，他嘴裡說還有，但也總是順勢將錢收進了口袋裡。直到母親察覺出父親在台北過得太逍遙，才每天連下十二道金牌，催他回台中。他拒絕參加以往老鄰居的任何葬禮，就算母親再逼，他依然文風不動。他頂多嘆口氣道：人都死了，去鞠個躬有什麼意思？重要的是活著的時候啊……。直到他的小腦在一年裡急速萎縮，不能言語也不能吃喝，我雖然每個週末趕回台中陪他，但能為他做的事幾乎沒了。有一晚，我上樓，回頭看了躺在床上的他一眼，發現父親的眼睛炯炯有神地盯著我看。我朝他揮揮手，他嘴角彎了一下，笑了，恍惚之間，我好像又回到了五歲時候的我，而他，還是那曾經開車在滇緬公路上搶運抗敵物資，還是那攜家帶眷、護國衛家，斷了自己返鄉路的，我平凡，卻偉大的父親。

我不只一次抱怨過，我沒有爺爺、奶奶、阿公、阿婆，所以從小就挨了母親不少的打，否則的話，憑我這獨子的身分，肯定有許多保護傘可以免除家暴。我也常抱怨，沒有兄弟，所以我總在打架打輸時向父母抗議缺少幫手。不過，當我發現大姊乾爹的兒子老虎，念了幼校，穿上筆挺的軍裝，拎著〇〇七手提箱回家省親時，我不但對老虎興起了欽佩之心，還在下一回唱〈哥哥爸爸真偉大〉時，很得意地告訴我的玩伴，我的乾哥哥是保家衛國的軍人了，好威風，好神氣。對照之下，我倒是很慶幸眷村裡有這麼多的叔叔伯伯，在我半夜生病時，開車送我去醫院；在我上學路過時，會摸著我的腦袋鼓勵我好好念書；在我的大腿生了乾癬時，會挖出家裡的祕方藥膏幫我治好；在父親出事後，家裡的燈管燒壞時，會趕來家裡幫忙換燈管……。

曾幾何時，他們都病了，老了，不見了……。我自己也逐步走上他們的後路，轉向人生最後一段跑道，奔馳衝線。

大概是去年年底，我在臉書上看到一位法鼓山的師姐，放上一段她父親與緬甸遠征軍有關的照片與故事，立即也觸動了自己早已有些不安分的心弦。與她喝咖啡時，我告訴她想做一件事，很單純的，就將兒時的兒歌〈哥哥爸爸真偉大〉改編成一首交響樂，然後，找一個舞台，從一個小童的歌聲，轉到管弦樂大作，再回到現場千人的合唱，將〈哥哥爸爸真偉大〉的往日情懷重新喚醒回來。

沒錯，我的確有些不耐煩了！

我念的是台中縣（當時）潭子國小。全班四十九人，除了來自眷村的三個是外省人，其他的全是來自潭子街與新田村的同學。我們一起歪嘴斜眼地打躲避球；一起在被老師修理後，苦皺著小臉，替對方紅腫的屁股抹萬金油；中午吃飯時，敞開自己的便當，相互交流交換媽媽的味道……。我們從未分過彼此，相親相愛了六年，直到淚眼模糊唱上畢業歌……。然後，至今，五十年了，還辦有同學會……。政治的複雜與我無關，我只期盼我所生長的土地，是個懂得感恩，知道懷想的善良人群所組成。誰說美好的時光喚不回來？重點是你是否存有一顆知道感恩，勿忘良善的心啊！

今年（二〇一五）是抗日勝利七十週年，可是非常詭譎地，許多朋友聽說我要辦「哥哥爸爸真偉大」的演唱會，都好心規勸我，不要做這種吃力不討好的事。我倒認為，選擇遺忘，不是一個偉大民族面對歷史所應該持有的態度，我們之所以要記取歷史的教訓，為的就是不要讓下一代再嚐到上國破家亡的痛苦滋味。台灣後來歷經了八二三金門砲戰，如果不是那些捍衛國家的國軍在前線拚死抵禦，怎能換來台灣數十年來的安定繁榮？如今，無論台灣民眾信守的是統一、台獨，或是維持現狀等政治理念，萬萬不能忽略一件事，我們依然需要國軍來戍守疆土，捍衛家園，維護「中華民國」的存在；如果將國軍的形象繼續踐踏下去，年輕人鄙視軍人，不願接受募兵，請問，我們國家的未來在哪裡？難道都願意下一代像巴勒斯坦一樣，讓人民天天生活在恐懼與死亡線上？

「哥哥爸爸真偉大」活動的團隊雖然匆促成軍，但是士氣卻很高揚。我們的企劃案送往國防部相關單位，也獲得了很高的評價，雙方對於這個活動的內容緊密連結，開了數次會議。但是，誰都沒有料到，「阿帕契事件」一夕之間成了媒體火攻的目標，我過往並不相信「媒體治國」的耳語，然而事實擺在眼前，相關單位忽然之間亂了方寸，原先口頭答應的承諾開始閃爍游移，直到臨時召開的會議之後，我才徹底感受到媒體對我們這個政府的影響力與策動力。最後只能斷然表態，一切回到原點，就讓民間自己來張羅吧！

一個大型活動的場地非常重要。為了配合軍方活動，我們失去了最佳時機，台大體育館回不去了。然後，再找，台北

沒有司儀的開場，大提琴的樂聲一起，中山堂的觀眾們全都自動站立了起來，沒錯，就是「國歌」。

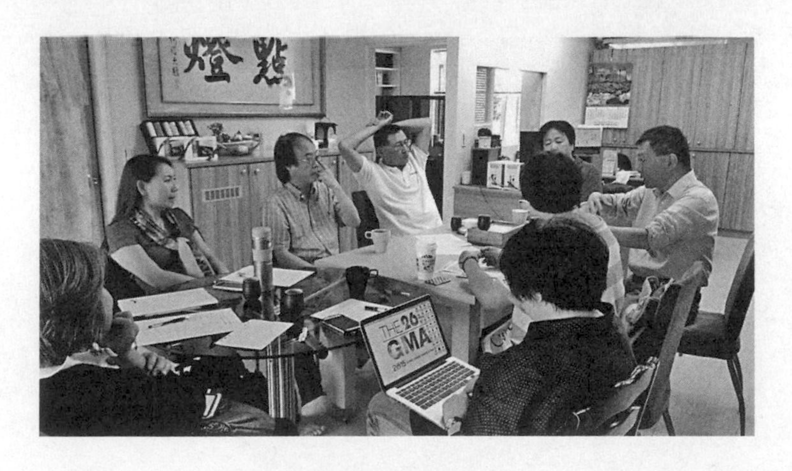

「哥哥爸爸真偉大」活動團隊在點燈數次開會。

籌備了一年多的演唱會，因美麗的主持人與多位歌手藝人而星光燿燿，其中最耀眼的明星是婦聯會的辜嚴倬雲女士。（右四）

周遭所有可能的演出場地都詢問遍了。最後雖然拿到中正紀念堂的廣場，但僅僅是硬體的預算就要三百多萬，這絕對不是我們這支雜牌軍在短期內所能承擔下來的。不過，善心好意的朋友們絡繹出現，老同事胡幼鳳拉著我去找資源，連國軍文藝活動中心都思考了進去……。千折百迴之後，我們的執行顧問，滾石唱片的董事長段鍾沂先生說，有橫阻才好，證明成事在人。果不其然，最後終於落腳在台北市的中山堂，中山堂恰好也是七十年前接受日本投降的歷史見證之地。

因為經費與場地的諸多考量，我們不得不放棄台北愛樂交響樂團總監張龍雲先生的美意，改用一般樂隊。節目內容分為三大段。第一段是「為愛朗讀」，感恩軍人為了愛家，必須將家人置於腦後，永遠以國家為第一優先。因此，我們安排了詩歌朗讀與膾炙人口的歌曲交相為用，一同來感念捍衛國家的哥哥爸爸，以及同樣備極辛苦，艱難持家的姊姊媽媽們。

第二段是「不能遺忘的種子」，由活動總導演兼主持人郎祖筠以相聲的形式，和同樣是眷村子弟的劉爾金搭配，追述曾在緬北精忠報國的遠征軍故事。第三段「國家」，除了邀請三支合唱團以快閃的方式，演唱七十年前振奮人心的抗戰歌曲外，還邀請年輕歌手，以搖滾風的曲式來表現〈哥哥爸爸真偉大〉這首童謠，並帶動台上台下，感恩我們還有自己的國家。

中華民國一〇四年（二〇一五）十月十六日，這個純粹以民間之力來完成的活動，志不在寫史，只為了不要在歷史中淨留空白，徒然愧對後世罷了。

感謝幕前幕後所有參與的個人與團體。我們在日後的某一天，終能昂頭挺胸地在另一個世界裡，與那群心中有國，卻悲苦一世，身心殘破的哥哥爸爸們相擁重逢。

迎光中的勇士們

劉 銘

黑暗中的火炬

造物主給了劉銘扭曲的身體，與強大的正面能量。

他創了混障綜藝團，集結身障朋友演出，給予身心障礙朋友滿滿的鼓勵。

某一天，他還說：希望為點燈募款義演……。

這是個最黑暗的年代，這也是個最光明的年代。

只要有一個劉銘，黑暗中許多還沒點燃的火炬就會一一亮起。

人，是矛盾動物。

人時時會因外境的變化，而快樂，而悲傷；而激昂，而沮喪；而積極，而退縮。

所以，會需要偶像來熱情自己；會需要英雄來激動自己；會需要導師來鞭策自己。

我，是凡夫，當然也會有悲傷、沮喪、退縮的時候。幸好，我的身邊總是有一群群的偶像、英雄、導師在加熱我的血液，甚或耳提面命著我。

小巨人劉銘（左）

我是幸福的。

我的幸福也不是憑空掉下來的！我很幸運，因為我擁有了一個「幸福製造雲端」，只要我有渴求，立刻便可在心頭「下載」下來，活躍我燃料快要用盡的虛體。

沒錯，那就是我經營了二十二年的「幸福製造雲端」，它的名字叫「點燈」。因為點燈節目，我的人生境遇有了綿延不斷的驚喜。

有一天，「混障綜藝團」的創團團長劉銘，與我一同在中山北路的咖啡廳吃早午餐。劉銘是「點燈」二十二年來，一路記錄的生命勇士；由他離開收容機構，在廣播界出人頭地，擒獲金鐘獎的最佳主持人獎，到他結婚，生女，帶領身障人士組成表演團體，四處激勵人心。他是我心目中屹立不倒的小巨人。

很奇怪，劉銘給我的印象一直都是理性的。我沒有見過他流淚、低潮、埋怨過，或許，他那強大的正面能量，具有脫水槽的能力，可以隨時甩脫莫名衍生的負面情緒。不過，奇異的是，那一天的劉銘難得地感性起來。

劉銘被造物者扭曲的身形，恰好配給了一雙深邃汪洋的大眼睛，當他真摯地直視你時，你一向堅實的心防，瞬間便會崩潰瓦解。

劉銘說：「張大哥，你一路這麼辛苦，『點燈』這二十年來，一直在照顧弱勢團體；如今，『混障』慢慢走出了自己的路，所以，『混障』是否可以為『點燈』來做募款義演？」（「混障」是劉銘成立的「混合障礙綜藝團」的簡稱。）

我有好長時間說不出話來。

慚愧？感動？好像都有。

劉銘的早餐與咖啡只動了一點點。我顧左右而言他，問他為何不吃了？他說，他的食量本來就小（這也是他數十年維持一定體重的祕密？）漢堡會留給女兒亮亮，咖啡則留給另一半淑華。

面對著我面前已然淨空的盤子與杯子，驀地覺得胸口好像有萬億螞蟻大軍在急行著。

劉銘的大眼並不曾有任何閃爍，他只是牢牢地看著我，等著我的答覆。

我清了清喉嚨，片刻，還是說不出話來。

是日，我與劉銘終究達成了共識──我代表點燈基金會，接受了他的美意。

才走出咖啡廳，我立刻拿起手機找二毛（點燈基金會的顧問，滾石唱片的董事長，段鍾沂先生），緊急找他會晤。當時，我們正在企劃「哥哥爸爸真偉大——向國軍致敬」演唱會。

在光復南路，二毛的辦公室裡，才聽完我的陳述，二毛馬上就搖頭了。二毛表示，「哥哥爸爸真偉大」演唱會類似一個社會運動，如果濫用了劉銘與「混障」的心意，反而會模糊了整個活動的焦點，是以，「哥哥爸爸真偉大」活動只能以點燈基金會的名義，另外為籌募經費而努力。

急性子的我很快又打電話給劉銘，告訴他會議的結果。劉銘坦然地回我，沒關係，總是會有機會的。

劉銘的那一句「總是會有機會的」，像是聖誕老公公派送禮物的鈴鐺聲，那份溫暖包含了期待，在我腦中揮之不去。我心想，何不另擇二〇一六年呢？我可以另行企劃「點燈」二十二週年的活動啊！

有了劉銘清脆明朗的那句話作為壯膽的作料，我居然很快地獲得台北市中山堂的黃國琴主任應允，黃主任要我趕緊檢送二〇一六年的企劃案給中山堂，好進入場地申請的正式考核與流程。

才辦完「哥哥爸爸真偉大」活動，所有的幕後工作人員尚未喘過一口氣，立刻又被我一個個點召，包括「點燈」前任主持人，也是我們最強大後盾的郎祖筠，以及現任主持人賴佩霞，加上製作人端端、顧問群二毛、靜文、幼鳳、常姐、小瑋、文霖、瑞娟、明秋……全都迅速舉手回應，我的氣就因此更足更滿了。

演唱會的靈魂人物劉銘（前）與黃裕翔、齊豫、賴佩霞（後排由左至右）。

籌備會議很快地就在每週四的例會中展開。大家一開始就有了共識：這個由「混障」作為班底的演唱會，必須要有一個非常明確的基點，那就是必須先行考慮，如何在演唱會中提升身障朋友演出的層次，如何讓他們的演出在感動觀眾的同時，也能用台上的聚光燈，將身障朋友努力迎向光明，不畏困難，不放棄生命的精神發揚光大。

換句話說，我們應該先把「替點燈募款」的意念抽離掉，我們要先行光彩身障朋友的舞台魅力，讓觀眾看到他們細膩卓絕的才藝；所謂先利人之後，才能想到自己啊！

最動人的是，劉銘完全沒有一點私心，他告訴我，他鼓勵更多的身障人士，包括不是「混障」的團員，皆可參加這一場激動人心的演出。

沒有錯，劉銘支持我們海納百川，藉由此一演出，不但要鼓舞更多的弱勢族群走出生命低谷，更要激勵許許多多五體滿足，卻失去人生目標的人們，甩脫毒癮、酒癮的束縛，趕緊把握僅有的機會，用珍貴生命來寫出健康有希望的人生篇章。

當人們起心動念，將目標投注在他人身上時，所有看來複雜與困難的考驗，轉眼間就如春雪融化，和風與陽光都成了我們的助力，一切有如神助。

首先，早已用實際行動在做公益，不接商演的著名歌手齊豫，不但承諾擔任這場活動的代言人。這還不算，被稱為「民歌王子」的李建復，只是聽我口頭陳述，也立刻同意，願意加入演出行列。另一邊，以電影《逆光飛翔》成名的視障音樂人黃裕翔，也首肯擔任這一次演出的另一位代言人；緊接著，爆發力極大的靈魂歌手家家，以及實力派偶像歌手林宥嘉，都接續投入這個意義特別的活動。就連「點燈家族」才藝橫溢的身障朋友柏毅、益群……都二話不說地接受邀請。

於是，彷若渾然天成的「點燈迎光一看見生命勇士」演唱會，真的就開始暖車前行了。

二〇一六年的三月六日，請將手、眼、心交付給我們。我們將一如過往，竭盡所能，全力以赴！

第二輯

在世界各角落點燃火苗

這裡有一群可愛又可敬的人。

他們有些默默無名，歡喜當別人背後支撐的手。

他們有些發光發亮，照亮黑暗深淵。

世態炎涼，但我們總可以找到溫暖人心的火苗。

愛看他們父子牽著手

楊祖光、梅遜

我願意當你的眼睛

世界上有許多成功人士，他們為生命奮鬥，不畏艱難。

成功人士的背後，往往有許多隱形的人們在支持。

這些人們的靈魂像珍珠，默默發著內斂溫潤的光。

楊祖光，默默支持著父親梅遜，寫出了一部又一部的巨著。

他的手，始終緊緊牽著父親的手。

記憶中，我不曾牽過父親的手。

就連父親故去前的兩三年，陪他過馬路，帶他去理髮，也都只是攙著他的手臂，用手感去感觸父親衰老的臂膀上，日漸鬆弛的肌肉，以及隔著衣服透過來的溫度……。

當我首次發現，他，一個年輕的男子，在錄影的過程裡，自始至終一直牽著九十高齡、目盲的父親，我的心，被狠狠敲痛了。

他叫楊祖光。依照我的推論，應該剛過三十歲吧。他剛出生沒多久，六十歲的父親便完全失明，母親離家而去。祖光的父親筆名「梅遜」，本名楊品純，既盲又老，卻依然筆耕不輟，不但以六年的功夫寫出六十萬字的《串場河傳》，得過文學金鼎獎與中山文化小說獎，又陸續寫出短篇與中篇小說《野葡萄記》、《紅顏淚》、《魯男子》；哲學與思想集的《新為我主義》和《孔子這樣說》；然後再以十七年的歲月，完成了二十五萬字的《梅遜談文學》。更不可思議的是，老先生又以兩年的時間寫出《老子這樣說》，聽說接著還有新書要發表。

梅遜旺盛創作的源泉是什麼？難道只是他說的那句話「對文學的愛，致死不渝」嗎？如果他寢食難安，進退困頓，心

梅遜（左）與楊祖光（右）。

路不平，潦倒病磨，就算他的意志力再剛強，也可以在黑暗裡讓思緒飛騰？讓手中的原子筆奔馳在一張張看不見的稿紙上嗎？

我想，他的兒子楊祖光，應該就是成就老父親背後的那一雙重要推手。

祖光要替父親檢查原子筆裡的墨水乾涸沒；幫父親將導引筆的那把尺綁好，以避免滑落；幫父親校對謄稿打字；幫父親抱著厚厚的原稿去敲出版社的大門，還有許許多多我們無法想像的事情要做。

我一樣好奇梅遜一路下來是怎樣來教養兒子的？為何這樣一位年輕人在待人接物上可以如此有份有際，知禮得體？我有成百上千的問題想請教他們父子。

或許是當過記者的後遺症，無數個問號沒有找到答案之前，我開始了冷眼旁觀。我以放大鏡在梅遜清癯的面容以及祖光厚實的臉上尋找著蛛絲馬跡。

老人家的聽力也許已經退化，祖光很有耐心地將嘴貼近父親耳邊，現場實況報導般地告訴父親，現在是誰在致詞，說些什麼內容；父親會追問，嗓門因聽力減弱，無法控制地偏高，祖光的臉上立刻布滿歉意，趕緊又附嘴上去，低聲回答父親。一旦父親明白了眼前的狀況，瞇著眼，像是哲學家在思索著，你馬上可以發現，祖光的手心向下，父親的則向上，祖光或是輕輕拍著，或是就這樣握著父親的手不動，以手上的溫度告訴父親：沒事喔，我就在這裡，發生任何事情都有我在！

梅遜在出版《老子這樣說》時，爾雅出版社為他辦一場新書發表會，祖光替代父親，邀請我出席；我發現與既定的行程撞上了，據實向祖光表示歉意。事後，我愈想愈不對，這樣一個重要的場合，我如何能夠缺席，日後難道不會後悔？因此，我與紐約的夥伴研究，延後了行程。等到新書發表會當天，我趕去紀州庵報到，祖光一看到我，臉上霎時綻開了喜悅笑容，大聲跟梅遜說，張製作人到了；梅遜緊緊抓著我的手，訝異地問我，你不是要去紐約嗎？我握著他乾瘦的手，跟他說，延期了，延期了；他笑了，與祖光一樣，無邪的笑容。

點燈基金會每年要頒贈一個獎「點亮生命之燈」。與社會上一般類似的獎座不一樣，我們一次頒發兩座。主要是因為社會的價值觀經常會被媒體左右，往往將關注的焦點集中在某某成功人士的身上，而忽略了所謂成功人士的背後，一直都有無數雙隱形的手在推動著，那些隱形的人永遠不會被燈光照射到。因此，我們刻意倡導，在歌頌生命鬥士的同時，同樣也該彰顯退居光影後面的那些點燈人。

二〇一四年地「點亮生命之燈」頒獎典禮，我們早早便已決定，時間與地點是八月十六日，在大安森林公園音樂台舉行的「點燈」二十週年音樂會上，得獎者之一是梅遜先生。

祖光接到我的邀請電話時，聽得出來，他是開心的。但我同樣聽得出來，他在壓抑著起伏的情緒。他跟我說，非常感謝「點燈」願意將這個獎頒給父親，但是他必須先告訴父親，再回話給我。沒過幾分鐘，祖光的電話來了，他的聲音有些顫抖，他說，父親非常高興能夠得到這個鼓勵，父親一定會在八月十六日準時出席這一場盛會。

活動當日，祖光果然在約定的時間，牽著父親的手，出現在會場；梅遜與祖光的臉上果真是濃濃的喜氣與笑意。他們父子並不知道，我們其實安排了另一個高潮。當節目進行到頒獎典禮時，祖光牽著父親的手慢慢走上台，梅遜依序領到獎，也發表了得獎感言之後，主持人賴佩霞與何厚華將另一張卡片交到頒獎人，台中市新聞局長石靜文的手上。石局長打開卡片唸出得獎人的姓名是祖光，並表彰他的孝心與行動堪稱年輕人的表率時，祖光當場傻住了；台下如雷的掌聲，讓祖光結巴著不知應該說些什麼才好，但他的真誠與樸實反應，獲得了更為熱烈的喝采。

結束了、落幕了、人潮退了，我又看到了他們父子牽著手走了過來。陪伴他倆的《文訊》雜誌社長封德屏要為我們拍照留念。面對相機的剎那，我想起了當晚活動的主題「愛擁抱」，於是，很自然地將手摟住梅遜的肩頭；忽然，我感受到梅遜的手也摟住我的後腰，恍惚之間，我彷彿感受到，我那九十歲時仙去的父親，也在擁抱著我。

迎著光，照見勇氣

這家的巫婆法力高

周麗玲

信念是最神奇的魔法

巫錦輝和妻子周麗玲的一對子女是罕病孩童。

為了他們的照護和教養，這對夫妻幾乎是全身心的投入。

會不會這兩個孩子其實是上天恩賜的天使，

目的是讓巫婆發現自己身上的魔法？

通常，「巫婆」是女性的專屬名詞。

男性，應該被稱作「巫師」吧？他，曾經被叫做「巫婆」，肯定是同學們認定他忠厚老實好欺負。他姓巫，巫錦輝。不過，提起當年的渾號，他挺樂的。他說，幸好沒多久後娶了老婆，家中有了名符其實的「巫婆」坐鎮，他出頭了。

進入巫家當「巫婆」的叫周麗玲。果不其然，她真懂巫術。這個故事，要從他倆的一兒一女說起……。

他倆曾養育有一個孩子，兩人忙著上班賺錢，將孩子交給保母帶。沒想到，有一天，孩子猝死，沒了。之後，生了個女兒，粉嫩粉嫩的，美得像小天使，這對年輕夫妻開心極了，直認為上帝太貼心，送給他們這樣美的禮物。緊接著，一個帥小子又誕生了，他倆每天歌頌著上帝，咸認自己是全天下最幸福的人。

這一家四口在巫婆的帶領下，買房置產，生活因房貸而異常吃緊。但是，巫婆就是有辦法讓小家庭成天洋溢出愛的蜜糖，就算在陽台種植的盆栽都能繁花似錦，簡直就是她老公名字「錦輝」的具體寫照。

孩子的成長替小家庭帶來的歡笑也像是一首奏鳴曲，叮叮咚咚地讓人歡喜個沒完。只不過，突然有一天，奏鳴曲變奏了，而且還荒腔走板。女兒以欣的身體出現狀況，反應慢了，功課退步了，一不小心就摔跤不說，還有可能被自己的口水噎到而停止呼吸……這……究竟是怎麼一回事？

帥兒子發病得較晚，一旦發作，每一個過程都如姊姊一樣，令人束手無策。到後來，爸爸率先崩潰，他猜不出女兒與兒子含糊不清的話語，究竟表達的是什麼意思？加上兒女的醫藥費暴增，手頭變緊，偏偏他已辭去本職，這下好了，家中僅靠巫婆一人賣保險，面對著經濟能力的緊迫，日子應該如何挺下去？他，得了憂鬱症。

眼看另一半也跟著淪陷，巫婆心中很清楚，她不能垮，否則這個家立刻就會如掉到地上的鳥巢，誰都別想存活。

為了避免病中的孩子承擔大人的煩惱，巫婆只要發現老公出現了懷憂喪志的狀況，就立刻拉著他去看醫師，尋求醫師的幫助，還非常機動地隨時把老公抓到公園去精神喊話，或許是高聲責罵，或許是相擁而泣。巫婆的目標絕對不允許改變，這個家，不能失去希望；兩個孩子，一定要過好每一天。

於是，巫婆永遠是孩子學校最勤奮的義工媽媽，有任何活動一定衝第一。巫爸也主動到孩子的學校找活幹，譬如挖魚池、養金魚，讓學校的氛圍有著新生命的跳動。他倆很清楚，要想孩子在學校中不被歧視，不被霸凌，一定要加倍投入，才能讓老師與同學們對生病的孩子平等相待。

折磨，不是十分鐘或一小時起跳，那是二十四小時的隨時待機。他倆每天平均最多只能睡上兩、三個小時，只要聽到任何聲音，就會從床上彈了起來，衝到孩子的房間，替孩子擦拭口水。有時，樓上在半夜拖沙發，或是消防車、救護車呼嘯而過的聲音，都會成為他倆的噩夢，瞬間會讓他倆崩潰。也因為長時期的煎熬，他倆的身心都已處在隨時潰堤的危險邊緣。

有一次，巫婆雙腿膝蓋因長期睡眠不足而病變，最後不得不開刀。他倆找了孩子的乾媽代為照管孩子，兩人以度假的心情住進醫院。偏偏就在當晚，女兒以欣病危，被送進加護病房。許久不哭的巫婆如同自己面對生死一般，嚎啕大哭地抓著電話不放，四處找熟人急救女兒。所幸她自己的手術成功，才兩天，巫婆就能下地做復健，讓醫師同意，允許她辦理出院手續，奔向女兒的醫院。沒想到，住了二十多天加護病房的女兒，竟然也在她的法力照管下，奇蹟似地康復了。

不過，請不要誤會巫婆在兒女面前是有求必應的聖誕老婆婆。知道嗎？一轉身，她可以立刻變身為「虎媽」。她要求兩個孩子都要有禮貌，無論身體再不舒服，也不可以對身邊的人惡言相向。也因為如此，我們在電影《一首搖滾上月球》中，看到巫爸在照顧兒子以諾時，會喝斥以諾，不可以對爸爸如此沒禮貌（天哪！一個晚上要伺候兒子去十趟以上的廁所……。）同樣的，以欣哪怕是語不成句，都還可以面帶微笑地與周邊的人善意地溝通。

沒錯，微笑，已然成了巫家的正字標記，就算是酷酷的以諾，也會貼心地向大家揮手致意。還有，巫婆規定，家，是大家的家，要隨時把家照顧妥當，該歸位的東西要歸位，要丟的垃圾絕對不能在觸目所及之處蹦出來，一定要維持窗明几淨。

喔！對了，巫婆居然會與巫爸帶著孩子去體驗「飢餓三十」的活動，讓生病的孩子去體會非洲沒飯吃的兒童是如何受到煎熬。她要讓孩子知道，何謂惜福與知福。另外，巫婆為了鼓勵以欣念書，竟能陪著她一同就讀二專二技，與女兒一起帶上畢業的方帽子，這……你還能對巫婆說出什麼讚揚的話？

最近這一段時日，我發現巫爸益發地不同了。也許，你偶爾可以在他的眼底、眉間，察覺出屬於他的那抹憂鬱會不經意地鑽了出來。但是，等巫婆一回頭，對他嘴角一揚，乃至一記鼓勵的眼神，巫爸立刻又成了大男孩，四處拉著人照相，或是擁抱，或是緊緊握著人的手。

那一天，參加巫家的新書《一生罕見的幸福》發表會，才一進門，巫婆就問我，等下會哭嗎？哈哈！她沒忘記，我在臉書上激她的惡作劇。然後，從巫爸口中才知道，以欣要上研究所了！專家預言，巫家孩子得的「尼曼匹克症」，一般的孩子頂多活到十至十二歲，但是，以欣已經二十二歲，以諾也上高中了。很顯然，這一家巫婆的法力有夠高，她家的神奇故事真的是沒完沒了！

無情自閉有情天

李尚軒

有願就有力——鋼琴家的父母與一群可愛的老師

受邀聆聽自閉鋼琴家李尚軒的演奏，

淚光中結識了他背後一群開朗熱情、默默支持的老師。

有人是太陽，有人是火炬，

但即使是一根小火柴，也能點燃火種。

最近眼睛不太靈光，不得不去看醫生。經常酸澀不適，分泌物不斷。

五月下旬，我應邀到高雄開會，來接我的李信芳老師先行帶我到高雄市政府，有一位二十六歲的自閉症鋼琴家，每週一中午在一樓大廳舉行為時半小時的音樂會。

大廳的空間並不大，基本上是唐氏症孩子服務的咖啡廳前，屬於穿堂的走道區。

鋼琴家李尚軒由母親陪同，就在表演前五分鐘出現。他很有禮貌，一聽母親介紹，先行對我鞠了一個躬，然後連續問我兩次，什麼時候錄影？我告訴他，時間決定後，會立刻知會他；李媽媽立刻要他去準備彈琴。

我並不太專心，當尚軒開始彈奏時，我還低著頭滑手機，回覆台北傳來的簡訊。可是，琴聲是有生命的，我隨之被音符拽走，乖乖把還沒寫完的手機關上。

尚軒一首接著一首的彈著，每首曲子結束時，他有意的停頓一下，算是給在場觀眾鼓掌的機會吧！我起先還會觀察他的表情、他的眼神，卻在不知不覺中，反倒被尚軒的魔法吸引過去，跟著他的音樂大喜大悲了起來。我彷彿看到尚軒的背後有許多雙手，父母、親人、老師的……，像是千手觀

李尚軒

音，傾其所能地將正面能量灌輸到尚軒身上；想到他們無私無悔的付出，剎那間，彷彿山澗的冷水劈空而下，將我全身籠罩在無名的悸動裡。我寒毛豎立，先是眼睛模糊了，繼而淚腺大潰堤，幾乎是跌跌撞撞地自座位逃開，側身在牆角，還哭出了聲音。 因是中午，有市府員工自我身邊走過，好奇地打量我，難道他們也認為我是身心障礙者？我無暇顧及顏面，乾脆當成眼球大清洗，就讓它做次大掃除吧。

等到哭夠了，情緒安定了，我才回到座位。雖然我以墨鏡遮住眼睛與表情，還是被信芳與尚軒的媽媽看了出來！他們還真善解人意，沒當場揭穿，直到一個多月後，信芳才當著其他友人的面前，抖出我這一糗事。

就在尚軒奏完所有曲子的那一刻，我便決定，要好好來拍一集自閉症鋼琴家的故事。

能夠與尚軒結緣，首先要感謝兩位有緣人，一位當然是李信芳老師，另一位則是郭惠芯老師。

我是應郭老師之邀，於三月中旬，前往屏東，為「點燈」二十週年所出版的新書《在黑暗裡摸到光》做一場新書分享會。我提前一天抵達，熱心的信芳爭著要請客，當地的朋友說，這是信芳最大的樂趣，就讓他作東吧。為了答謝他的盛情，我自是秀才人情紙一疊，送了他一本簽名的新書。他倒是很直接率性地告訴我，次日上午已約了朋友打高爾夫球，我的演講他就告假了；我自是點頭如搗蒜，我自知，也許不會有機會與這位愛請客的老師見面了。

次日，屏東美術館的演講室內，郭老師的開場白還沒結束，我發現信芳居然出現了，但我沒有多餘的精神去推敲他放棄球會的緣由。

在郭老師生動出色的帶領下，整場演講非常活潑開心，我還沒講夠，演講就結束了。主辦單位擁著我去吃午飯，信芳自然也跟來了。在眾人嘩啦嘩啦的交談聲中，我忽然聽到信芳的表白。他說，他前夜躺在床上，只是單純地想看看我的書到底都寫些什麼，等到看完第一篇後，他忍不住又往下看去，然後，他回頭跟他老婆說，隔天不去打球了，他要去聽我的演講。

原來如此！我開懷地大笑！

信芳立刻正色問我，他可以為「點燈」做什麼事嗎？我一下子不知如何接話，畢竟每每碰到募款的話題，我就會結巴，臉就會紅。他又說，他本人當然可以捐款給「點燈」，

李尚軒（中）與李媽媽（左）。

雖然他過去才偶爾看過這個節目，但是，一旦得知我是以募款來延續這個公益節目的命脈，他覺得不能置身於事外。

善心的郭老師見我答不上話，就馬上拔刀相助，將點燈基金會這些年來除了錄製電視節目之外，還主辦了各種公益活動等細節說了一遍。信芳聽完後，正色跟我說：「張製作，這樣好不好，我們在屏東來為『點燈』二十週年舉辦一場義演音樂會好不好？」我又啞了，只能不住點頭。

信芳的提議，第一個被激出來的就是郭惠芯老師。在她身旁的讀書會成員都跟著鼓譟，要郭老師跳下來接任音樂會的主持人。事情還沒結束，這一群熱情的書友們也打鐵趁熱，立刻打起電話連絡高雄的書城，要為我也在高雄辦一場新書分享會。我急著搖手，說是出版社對高雄的活動興趣不高，擔心沒有反應，她們立刻指著信芳說，既然決定要在屏東辦音樂會，為何不順便也在高雄辦一場活動？

如是這般，我被這一群熱情的屏東新朋友們完全融化了。

回到台北後，音樂會好像與我無關了，信芳與郭老師她們反倒是忙到不可開交。她們邀請了屏東著名的書法家李國揚捐出書法義賣，也將屏東「出產」的音樂家們動員了起來，其中，自閉症的鋼琴家李尚軒就是其中之一。

為了安我的心，信芳特地邀請我南下，親自聽聽尚軒的琴藝。那趟南下，我不但被尚軒出色的琴藝所折服，更對他的父母二十多年來，對尚軒不離不棄的教養而深深感動。他倆想盡辦法尋找有限資源，敦請老師，一步一步教導尚軒，由一個坐立不定、難以調教的自閉症孩子，變成乖乖地坐下來、認五線譜、練琴、記譜的音樂高手，這需要多少位愛心綿延的老師們，在不同的階段下接棒完成的啊！

尚軒的故事一時還說不完。他不用看譜，可以彈一千首以上的古典名曲。他還有其他的特異功能，譬如可以在彈指之間，告訴你西元幾年幾月幾日是星期幾……。

下回若有機會，我還要再繼續說。

當然，還有那場音樂會，他們居然幫「點燈」募到了四十多萬元哪！

愛滋孤兒的好爸爸

杜聰

從華爾街到偏遠農村

很難想像帥氣十足的俊男杜聰會改穿上蓬鬆冬衣和雨鞋，變成平庸的大叔樣。生命中的一趟旅程，改變了杜聰的下半生。

見識過愛滋村的慘況後，他決定為那裡的愛滋孤兒做點事。這一點事改變了許多人的命運：他成立基金會、募款、鼓勵孤兒念書、帶他們在工廠烘培蛋糕，甚至送資質好的孩子去巴黎學手藝。他給了這些孤兒人生方向，他卻說：我是因為救援愛滋孤兒，而找到了人生目標。

我見識過不少人，也交往過不少朋友，但不曾遇見過這樣的怪胎。

他叫杜聰，在香港長大，後來去美國留學。畢業後在紐約華爾街任職，日進斗金，每天過著錦衣玉食的豐裕生活。

或許是物慾橫流的日子終究不是他真心追求的。也或許他的內心深處早就埋藏了一顆行善的種子，只是沒有機會照見太陽，無法發芽……。終有一天，那粒種子不安分了，伸伸懶腰，抖動了筋骨，冒出了頭，張開了眼，接著舒展雙臂，孜意生長了起來，頃刻間便枝葉繁茂，盤據了他的身心……。

杜聰某次由美國回到香港度假，又轉去北京，首次見到一對感染愛滋病的父子——大陸河南農村出現愛滋村。那些罹患愛滋病的農民都是誤聽賣血致富的宣傳，被沒有消毒的針頭汙染，而夫妻交叉感染，垂直傳導給子女；於是，一戶戶農家開始傾倒，夫妻相繼發病過世，留下尚未發病或是幸運逃過一劫的子女，在澆薄冷漠的農村受到鄉民親友的鄙視，幾乎無法生存。

杜聰按捺不住，決意前往災區，親眼去看看那個人間煉獄。

果不其然，他被愛滋村慘絕人寰的現實景況震懾住了。他居然就一步一步地辭去紐約的高所得職業，挽捲起行囊，前進災區，發願要為那些愛滋孤兒做些事。

我們是在兩年前，與杜聰連絡上，跟著他的腳步，走了一趟愛滋村。

原來，脫下合身西裝，解下光彩領帶的杜聰，改穿上蓬鬆的冬衣，厚重的雨鞋後，真的就由帥氣十足的俊男變身為臃腫平庸的大叔了。他坐著農村才有的拖拉機，左手拎著一罐食用油，右手捧著一箱速食麵，逐家走進了愛滋病的受災戶。他操著廣東腔的普通話，親切溫和地與老人話家常，與孩子們搏感情，我們覺得有些不可思議，因為他不是放煙火似地過個慈善家的癮頭就算了……。他聰明又有智慧，有如經營一項跨國大企業一般，有為有守，運籌帷幄，一步步成立了財團法人的基金會，四處募款，催醒人們的慈悲善念，整合出具體的能力，給孤兒們獎學金，鼓勵他們努力念書，一定要昂頭挺胸地過好每一天，才能走出困境，走出破舊毀壞的家牢。

不過，杜聰長期看到愛滋災民的慘狀，也得了災區症候

杜聰（右）與他培植出來的烘焙師傅孩子。

杜聰（右）在烘焙工廠試吃孩子剛做好的糕點。

群，瀕臨崩潰邊緣，甚至憂鬱了起來。他經常會半夜被惡夢驚醒，嚎啕大哭，發現災民與孤兒太多，來不及救援，最終眼睜睜看著他們無助死去……。這是杜聰面臨的一大考驗，萬一闖不過去，他很可能就會滅頂，隨波而去。所幸，杜聰的好友，著名的作家白先勇伸手救了他。就在白先勇位於洛杉磯的家中，白老師告訴杜聰，他不是神，是人，就算他有再大的宏願，也要量力而為；只要盡心盡力了，救多少算多少，就可問心無愧了。

杜聰熬過了來勢洶洶的考驗，他再次破繭而出。

上海近郊的一個工廠區，杜聰帶著我進入一棟工廠大樓。出了一個專門送貨的大電梯之後，幾乎是循著烘烤蛋糕的香氣，就可發現一所烘焙坊。那裡有一群由河南來的愛滋孤兒們，他們或許沒考上大學，但是，杜聰為他們開啟了另一扇面對未來的大門，讓他們學會一技之長，烘製麵包與蛋糕。這還不說，他還推舉了資質好的孤兒到法國巴黎去學習手藝，一年半載過去，學成歸來的師資部隊穿上雪白廚師制服，戴上高帽子，信心滿滿地教起後面的弟弟妹妹。有魄力的杜聰，甚至還高薪邀請法國的大廚親臨上海指導，讓孩子們更具國際觀與前瞻性。

杜聰很有魅力，他居然可以調動許多欣賞他的粉絲，成為他的忠實啦啦隊。譬如說，他在加拿大和美國都有綿密的公益組織，幫助他舉行各種義賣活動，募集善款，並且打響基金會在海外的知名度。我還曾親眼目睹他能幹的義工在溫哥華舉辦募款餐會，就算杜聰本人因為行程調不過來而缺席，現場的氣氛依然紅火，善款依然蜂擁而到。

杜聰是性情中人。只靠一通電話，他就應允撥出珍貴的時間，加入點燈的「讓生命亮起來」的活動，前往少年觀護所、女子監獄、成人獄所演講，分享他的生命故事。他告訴大家，曾因自小父母離異而自卑，因為體型過胖而失去自信，後來努力試著走出來，尤其是因為救援愛滋孤兒而找到了人生目標。

最近，在網路上，看到杜聰感嘆道，為何還是有人對他不解，以粗礪的語言傷害他？我猜，他又受傷了。於是，趁著近日的香港之行，約了他見面。就在香港島快速鐵路的樓上餐廳，我見到了杜聰，沒想到他拖著一個好大的行李，也要趕去廣州。

喝了兩口茶之後，他開始告白。他說，一般人誤解他就算了，但是，時至今日，居然還有非常體己的朋友，對於他救援愛滋孤兒的行徑表示不解，甚至嚴厲批評他。我告訴他，佛教徒說的「修忍辱」是一門必修的課程，一旦被誤解，無言申辯時，就沉默吧，終有一天，那些刺耳的評語會退去，會消失；重要的是，自己的心中必須有面明鏡，清清楚楚、明明白白地知道自己在做什麼，如此就可雲淡風輕了。他點著頭，好像聽了進去。

時間過得飛快，還沒一會兒，我要去趕飛機，他要去坐船。出了餐廳，我才發現他那不小的行李箱壞了一只輪子，他必須一再修正方向，死命硬拉，行李箱才肯心甘情願地跟他走。我笑他，為何不買個新的？他苦笑，沒接話；我猜，是沒時間買呢？還是捨不得呢？

雖說忙到不行，忙到眼裡有血絲，但不猜也知道，杜聰做為愛滋孤兒的稱職爸爸，只要是付出，就是一種享受。能有這樣的友人，我彷彿也收受到一股正面能量，那就是忙到昏倒也會笑啊！

不是猛娘不過江

張平宜

現代俠女

她原本是個記者，為了關注弱勢團體前往中國的痲瘋村。沒想到那一篇報導寫完，在當地所見的點點滴滴開始發酵。她再次回去，從此奮不顧身。這個來自台灣的俠女風塵樸樸奔走，向官員咆哮，為一群陌生的孩子落淚……。現在，她還要帶著這群孩子到青島，與企業建教合作，甚至深入到更偏僻的雲南痲瘋村……。她是猛娘張平宜。

她，五官分明，明眸皓齒，是屬於林青霞那一型的。

她，話速飛行，不假思索，是那種思考比說話更快的人。

她，如風如電，出手颯快，若是生在古代，應該是頭戴斗笠，特會射鏢的俠女。

她，是我本家，名叫張平宜。

我們都曾當過平面媒體的記者。

我們都是頑固如堅石的金牛座。

我們都是別人眼中那種只知往前衝，膽大不怕死，卻也無可救藥的呆子、傻子、癡子。

我們是否都是張飛的後代？不知耶！

平宜生性喜好打抱不平，當然也嫉惡如仇，尤其聚焦在弱勢族群上。早年身為記者，她對台灣唯一一個公立痲瘋療養院「樂生」，就懷抱高度關注。後來，她在偶然的情況下，決定去大陸觀察採訪更為缺乏人權的痲瘋村，那是痲瘋病人退居於無人乏問的偏遠聚落。報社主管好奇地問她，這種題材會打動讀者嗎？會有人看嗎？她秀髮一甩，嬌嗔啐道：「去定了！」我猜，那位主管肯定是已婚的中年男子，這種類型的主管，對於美麗又有才情的屬下，一向是弱勢的。

是故，她騎乘的那匹急騁的烈馬再也收不住腳。她，回不了頭了。

這一趟歷時十二天的旅程，她訪問了四川和雲南邊界六個痲瘋村。沿路環境惡劣，讓這位好心卻有點嬌生慣養的醫師娘（她的醫師老公是支持她最有力的另一位呆子。畢竟，大兒子需要媽媽，小兒子才幾個月大……）差一點瘋掉，不但沒法子洗澡，還遭到臭蟲攻擊。當她到了文明世界的昆明機場，在洗手間的鏡子裡看到一個蓬頭垢面，花容失色的歐巴桑時，幾乎尖叫出來，她當場立誓，下回就算有刀架在脖子上，也絕對不要再踏上那個鬼地方一步了。

回到台北，發完此行的所有稿件之後，她終於可以休息一陣。等到空下來，心靜了，那一趟的點點滴滴，逐漸在腦海裡發酵。她原本不願意再去回想的一些記憶，總被一陣陣惡作劇的亂風，吹開了她刻意拉上的窗簾；例如，一張白臉，是屬於一位屢次用褲頭草繩自殺未遂的老者，老在她眼前飄過來又飄過去；與她大兒子同齡的一群孩子，個個骨瘦如柴，肚大如鼓，骯髒全黑的小臉上，雖然配著的都是一顆顆茫然無神的眼睛，卻是那樣牢牢地釘在她心頭，有如附在衣上的鈕扣，緊緊地勒著她喘不過氣來……。

平宜投降了！她知道，她逃不掉！她無法逃離自俠女內心泌泌流出的柔情催促，她也無法將那些被剝奪了靈魂的空洞眼神自心口拔除……。於是，俠女扔下了鉛粉縷衣，穿戴起戎裝，再次出發了！

自一九九九至二〇〇一年之間，平宜的快腳行至廣東、雲南、四川等省，總計二十多個痲瘋村。僅僅是四川涼山彝族自治州十七個縣市的痲瘋村，她就拜訪了十個。風塵僕僕的她，倒是沒有預想到，一個與她牽有數世因緣的一方土地，著實改變了她的後半生。

二〇〇〇年的冬天，平宜忽然接到了一通關鍵性的電話，說是四川越西縣痲瘋村有一所非常特別的痲瘋小學值得關注。俠女平宜在天寒地凍的一月天，收拾了行囊，由台灣轉機到成都，再轉飛西昌，然後繞過大小雪山，千里迢迢地趕到了越西縣。此地因地處偏僻，民風閉塞，物資嚴重缺乏，痲瘋病人特多，生下的子女更多，加上長年與文明世界脫節，不但沒有戶口，文盲更是一大堆，簡直像是活生生的煉獄。

不過，煉獄裡還是有春天的。一九八六年，四川省政府終於決定在越西縣大屯鄉痲瘋村，成立第一所專屬痲瘋病人子女的小學，是為「大營盤小學」。裡面唯一一位代課老師叫王文福，獨自苦撐這所小學。在平宜出現的前十二年，王文福月薪由二十四元人民幣、七十六、然後調到一百六十四塊……。只因為是代課，薪水只有一般教師的五分之一。一旦學校放寒暑假，就連這一點薪水都沒了，只能回家種田種地，到頭來還有四個月得向親友借貸。

平宜就在王老師領著數十名學生，每人凍得兩頰通紅，拖著鼻涕，冷得發抖的歡迎行列中走進了大營盤小學。平宜的目光不止停留在僅有的兩間土房教室；她的母性被觸動了，她承受不住那群孩子單薄的衣衫與沒洗的小黑臉。一切的一切在剎那間定格。她，張平宜，當場向自己發願，她起碼要先實現兩個夢想，第一是將大營盤小學建設成一所正規的鄉村小學；第二，她要將這個小學規劃成自給自足的示範學園。那個當下，她還沒發現學校沒有廁所，只是數十步之遙處，就已是一坨坨怵目驚心的大便。

人，真的因夢想而豐盈，而巨大。這位金牛女挖出了內在勢不可擋的力度。離開新聞界後，她在二〇〇三年創立「中華希望之翼服務協會」，開始向台灣的親友同學同事募款；二〇〇五年，她一舉獲得「Keep Walking 夢想資助計畫」的最高獎助金額一百七十萬元台幣，全部投入建設大營盤小學的基金。中間，她跌倒過、受傷過，但是金牛女的韌性哪能這麼容易就被瓦解？她對著地方官員咆哮，猛拍桌子，只為了幫沒有血緣關係的痲瘋子女爭到一點受教育的機會、一點被當作人類的尊嚴。她痛哭失聲，只為了孩子們因為父母身上的痲瘋病而被鄰村的孩子唾棄羞辱。這些經驗，都堆成了她日後打死不退的打拚養分。

點燈節目有幸在她篳路藍縷，最為辛苦的階段，陪著她一同見證過大營盤小學開始蛻變的陣痛與煎熬。我們的工作人員一路顛簸暈吐，在學校被臭蟲咬得一身紅腫，整夜無法入睡。可是，沒有人發過一句怨言，擺過一次臭臉，因為，他們全被平宜的精神震撼了；他們服氣了。

十數年過去，平宜的能量愈來愈大。她那兩個夢想早已實現。為了替一群畢業沒工作的大孩子覓得出路，她領著孩子們到青島，與企業合辦建教合作。不但如此，她還擴大服務範圍，遠到雲南更偏僻的痲瘋村。

如今，平宜火爆的脾氣被磨得和祥溫柔，在大陸的名氣也節節高漲，成為媒體選出的感動全國十大慈善家之一。她的淚沒白流，氣沒白生。不過她那機關槍掃射的說話速度，一點都沒有慢下來。

不是「猛娘」不過江的這位台灣女子，注定要有如此廣闊的胸襟與格局，來闖出一番了不得的成就！您呢？是否也有一位如此生猛的女性朋友？

迎著光，照見勇氣

新加坡的狂人大師

陳瑞獻

不只是才情高卓、特立獨行的藝術家

傳說中的陳瑞獻很怪，但「點燈」接觸到的他卻很溫暖。

他給「點燈」的墨寶，是無言卻厚實的支撐。

他記得拍攝團隊的每一個人名字，他有見地有感性。

狂與怪的背後，是內化的激越與外在作品的奔騰演繹。

下標題的剎那，我有些心虛。我擔心，他會怒目瞪我，會拍桌罵我，甚至會來電話K我……。

不過，面對電腦發呆多時，我實在想不出更貼切的形容詞。對他。

一位對繪畫、雕刻、書法、文學樣樣精通不說，成就亦非凡的藝術家。如果前有畢加索被稱為狂人，那麼，一時也找不出更好的理由，來阻止我如此形容他。

在新加坡，跟朋友提到他大名，朋友的眼神會忽然晶亮起來，挺著胸脯說：「他是新加坡的國寶。」然後，又立刻捉狹地問：「他很怪是不是？如果你一不小心說錯話，他是否會立刻翻臉，管你是天皇老子？」還來不及答話呢，又緊追著問：「你知道他的一個字、一幅畫在中國大陸飆到多少錢？」「你知道他的作品都在北京的哪裡展出？你知道他幾歲就獲得法國最權威的『法蘭西藝術研究院』頒贈的『駐外院士』？」「你知道……？」「你知道……？」

他的大名是陳瑞獻。

這些年為了不做井底之蛙，點燈節目刻意拉大視野，跨出台灣，挖掘海外華人社會的點燈故事。當初是經由新聞界老友歐銀釧以及汶萊的華人資深報人丘啟楓的引薦，才得知新加坡有這樣一位才情高卓，個性耿直，特立獨行的藝術家。

我們是二〇一二年前往新加坡，拍攝陳瑞獻老師的故事。行前，企劃陳淑渟耳聞陳老師的行儀，更是不敢怠惰地做足了準備功課，就連在新加坡拍攝期間的任何約定時間，都不敢遲到一分鐘，深怕陳老師一個不樂意，拂袖而去，屆時的場面就會很驚悚了。然而，事實上呢？

我們先是戒慎恐懼地趕到他的畫室去做一對一的單訪。幸好當時的節目主持人曾慶瑜見多識廣，有備而去，還拿出了看家本領，讓瑞獻老師見識了主持人的功力，不但龍心大悅，還揮筆題字，寫就了「明星萬點，心念一燈」的墨寶給點燈製作單位，又另外畫了一大張潑墨水彩，取登高進取之意，送給我與妻。在旁觀賞的新加坡友人靜靜走到我身邊，偷偷在我耳旁耳語：「你知道你此刻賺了多少錢？」我怒目瞪他道：「無價！」

連續工作三天，結束了所有拍攝工作之後，照理說，應該是製作單位作東，設宴感謝瑞獻老師的。不過，結果是倒過來了，他選了一家非常著名的法國餐廳招待我們。從一進門開始，餐廳經理就畢恭畢敬地隨侍在瑞獻老師身側。我想，就算是李光耀出現，也不過如此吧？這頓飯不但菜餚豐盛可口，就連每一瓶白酒紅酒，都是他精心挑選，規定在每一道菜的銜接點上，要我們乖乖的淺酌深飲，當然，也順口將每瓶酒的產地、年份、歷史等專業知識，如數家珍地介紹一遍。我依稀記得，那頓晚飯吃了將近四個小時，不但吃到肚大如臨盆的婦人，距離酩酊大醉也只是一個蹣跚就會出醜的地步。

道別時，瑞獻老師只是一句話：「靜候你們的剪輯成果。」頓時，我的酒醒了大半！對吼！醜媳婦都得見公婆，大師已然全力配合了，咱們豈能漏氣丟人？

回到台灣後，我們加快腳步，趕緊安排行程，要去山東的青島一趟。原來，大陸三峽石門的現代刻石文化館，是以瑞獻老師的序文刻石為首不說，青島小珠山占地兩平方公里的「一切智園──陳瑞獻大地藝術館」據說在疊疊山巒的區域中，布滿了他親手創作的石刻與繪畫。僅僅山門就重一千零四十點九噸，高十一點二公尺。此一勝景，如何能夠不去一探究竟，剪輯在他的專題故事裡？

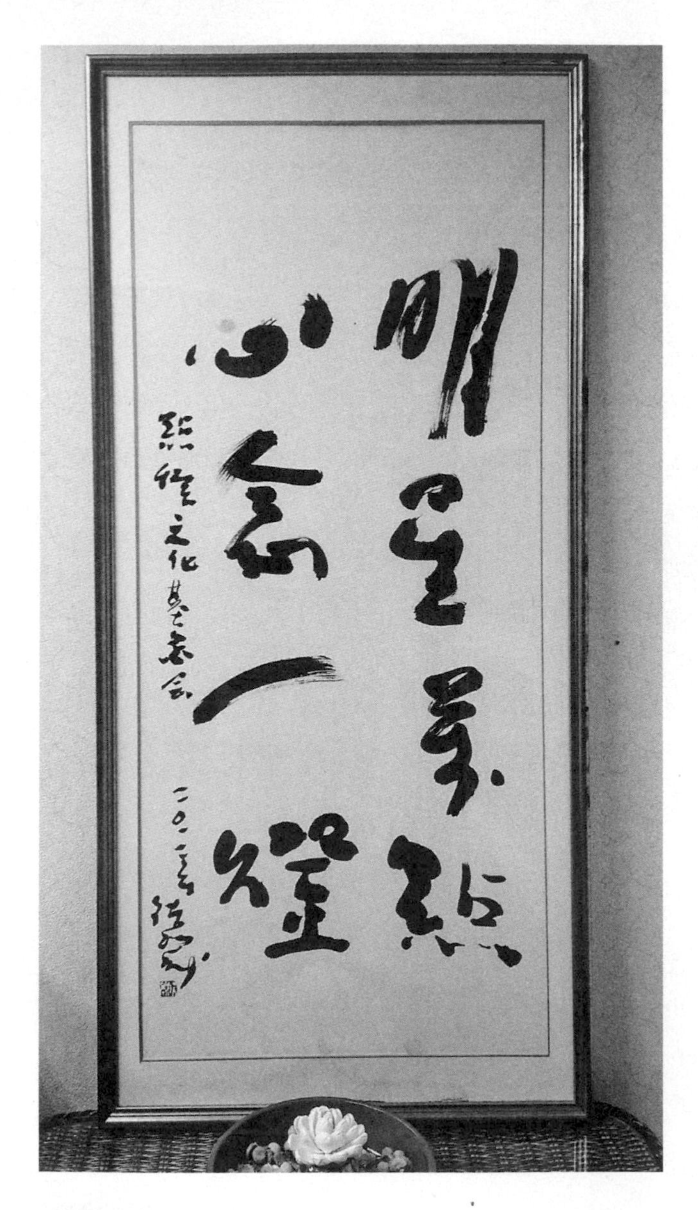

陳瑞獻老師為「點燈」所提的墨寶。

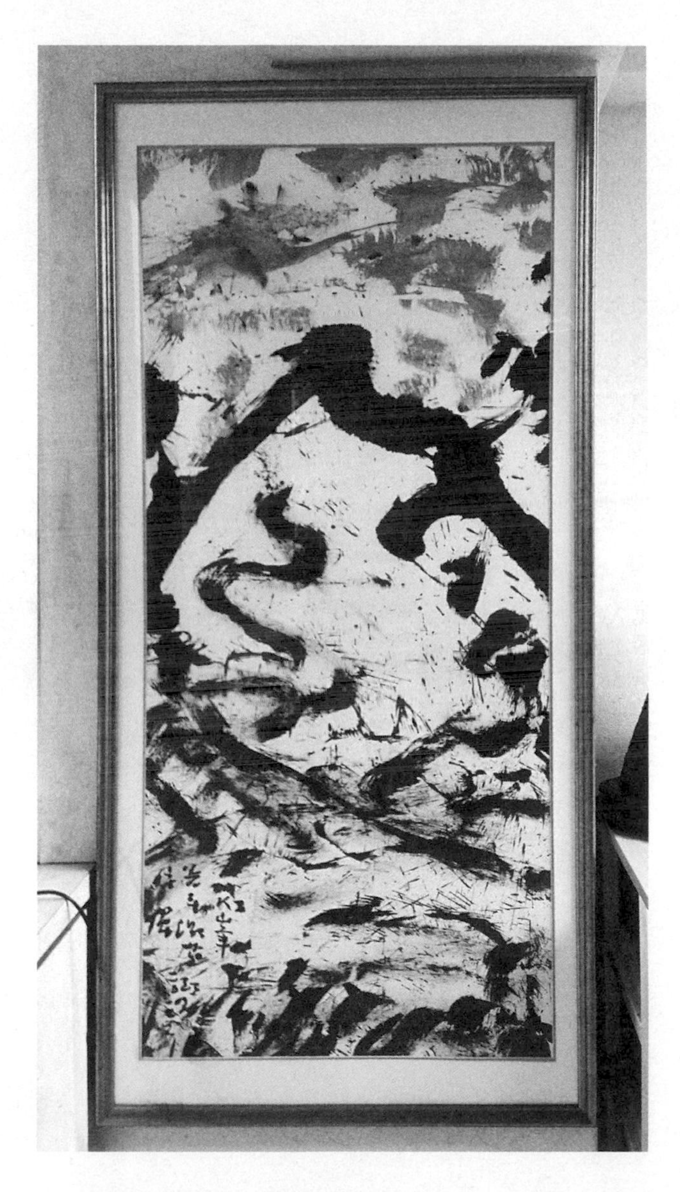

陳瑞獻老師賜的墨寶，畫的是世界第二高山 K 2 山峰，旨在鼓勵我們要勇於攀越高峰，不畏艱難。

無論幕前幕後的工作人員，大概都被瑞獻老師給激發出潛能來。基於面子問題，絕對不能砸掉節目的招牌。等到節目播出，我們將 DVD 光碟寄去新加坡，沒幾天，就接到瑞獻老師傳來的喝采。他說，他知道訪談的節目不好做，但他最終看到了我們的誠意、用心與水準，他非常歡喜。

有了二〇一二年的攻頂成果，並不保證往後的路子是平坦無礙的。自二〇一三年頭開始，一連串的考驗迎面撲來，「點燈」這個自行募款來支撐的節目一度面臨無米可炊的困境，加上人事變動，真的有舉步維艱的困惑。也不知瑞獻老師是怎麼知道的，居然就匯了一筆不小的款子到基金會來，還鼓勵我們戮力向前。此一寒天送暖的舉動，確實令人意外。這還不說，他又叮囑我們，如果要用他的畫作來開發周邊產品，當做經營節目的經費，他不收分文，絕對同意。

上個月，我為了其他的要事去了新加坡。他聽說我到，一定要見面相聚。在一家義大利餐廳裡，就我與他兩人。他說，他不參加任何的應酬，除非他請客，他才會出席，只要是別人作東，他基本上是敬謝不敏的。

席間提及往事，他說，他很想念我們專業的工作團隊，每位工作人員的名字他都記得。當然，也特別提到了當時的主持人曾慶瑜。他說，曾小姐有大氣，談吐有溫度也有深度，是難得的人才，希望我代為問候。飯後，我要走路回旅店，他堅持要陪我走回去，無論如何推辭皆不果。路上，我們又聊了很多，包括台灣的選舉、兩岸的政局、新加坡的未來。我再次體認，他不是住在金字塔尖的怪咖、狂人；他的原則非常清楚，觀察細微。雖然愛憎分明，不怕得罪人，但身為一位創新不斷的藝術家，性格不帶一些狂狷，行事不讓人側目，又如何凸顯內化的激越與外在作品的奔騰演繹？

我不敢攀附他是我的好友，但我還是可以很光彩地說一聲：「我認識新加坡的國寶陳瑞獻。」

漫天飛花一武士

塩見直紀

櫻花樹下的革命家

台灣這十年來也興起一股「半農半Ｘ」的風氣。

許多上班族、年輕人紛紛回鄉或到鍾情的鄉間覓地耕種。

農事之餘，他們或寫作、或製作手工藝品、或駐鄉演唱……。

生命一半是踏實，一半是精彩。

這「半農半Ｘ」的倡導者便是日本的塩見直紀。

每逢日本櫻花盛開的季節，身邊的友人們都在談論賞花一事。還有人盯著日本氣象廳發布的最新情報，猶豫著，不知去京都或是東京，甚至青森、北海道追蹤花踪。

我老覺著一窩蜂湊熱鬧的場景讓我頭暈，為了不從眾，我偏偏不要在花季時去日本。結束日本的工作與學業回國後，我硬是二十年不在櫻花季前往日本。

今年，我終究還是破功了，只為了一個男子。

去年秋末，我與幾位友人前往京都，東京等地，參觀當地社會企業以及社區營造的近況。安排行程的京都 NPO 組織若生女士跟我說，有一位推動「半農半 X」的塩見直紀先生值得注目。

若生女士與一般京都女性，甚或日本女性有些不同。她不刻意提高聲調，故作秀氣地說話；她愛吃蔥薑拉麵，愛惡分明。她甚至力排眾議，嫁給一位身障人士……。因此，她提出的意見我絕對聽從。

由京都車站，搭上 JR 的特急快車，一個小時多一些，便到達了京都府偏北的一個衛星城市──綾部。塩見先生就住在那裡。

陵部在日本近代史中小有名氣。一個新興宗教曾因名氣坐大而被朝廷兩次鎮壓；一所蠶絲工廠因為善待女工而名聞遐邇，成了日本著名的新娘搖籃。但是，我對它的歷史並沒有太大的興趣，我急切希望見到塩見本人。

塩見大學畢業後與一般年輕人一樣，找家公司任職；升等、成家、退休、死亡，行禮如儀地過完一生。但是，工作兩年後，他開始思索，難道這樣的人生真是他所想要的？

想著想著，他決定辭職，回到故鄉綾部；他捲起褲管，繼承祖業，重做農夫；他還想喚起與他具有相同感受的年輕人，趁著脫鞋下田的空檔，趕緊思考，實現蟄伏在內心底層曾經蠢動過的念頭：「做個彈唱藝人、花藝老師、木刻師傅、拉麵達人……。」當你觸動了內心的驚蟄訊號，你可以將此一本能分享給他人，利益眾生。你的生命將會因此而大大的不同。

這就是塩見的「半農半 X」。他是理論家，也是實踐者。

我們一行在綾部一所因少子化而廢校的小學裡，見到了塩見。他任職於設在那所母校的另一個半官方公益組織。

他自己的「半農半 X」計畫，是採單兵作戰的方式，自行

塩見直紀（左）與他的菜園（右）。拍攝的那一天漫天櫻花盛開（下）。

抽空四處演講，與公部門溝通，替揭竿起義的年輕人尋找空屋與廢耕的農田……。

塩見給人的第一印象是靦腆羞澀。他一百六十八公分左右，臉上削瘦無肉，開口說話前，習慣推推眼鏡。聲音不大，經常要豎起耳朵才聽到他在說什麼。

他大概思索太多，蹦出來的語言經常讓我猛抓腦袋，聽不真切，往往要拜託他寫下來，才知道說了些啥。老實說，他還真的打擊了我的自信，懷疑自己的日文退步許多。

可是，我喜歡他。他不是那種自我感覺良好的人，他會留意別人的反應感受。他不會咄咄逼人自以為是，他偶會消遣自己，幽默老婆。與他並肩行走在田埂上，你會錯覺，他又變成了十歲的孩童，領著你在田裡尋找蜻蜓與蝌蚪，還會摘下漿果請你吃……。沒錯，他質樸而單純。

不過，當我仔細看了他給的名片之後，對他的觀感又變了。他的名片上有三分之二的面積以墨色寫了一串大字：「我們能在這一世當中留下什麼？金錢？事業？思想？」

這是日本著名的思想家內村鑑三在三十三歲時寫下的名言。塩見罷職返鄉那年也是三十三歲。

放下名片，再看他一眼，我發現我眼中的塩見剃了頭，配了劍，他簡直就像是今之古人。他彷若活在今日的一位布衣武士，四處尋找賞識他的藩主。他有滿腹經世見解，要與懂他識他的人一同分享。

坐在回程的電車裡，我的腦袋開始不停地轉動。我需要影像，渴望畫面，來替塩見這個人堆砌出立體的模樣……。正當我苦無對策時，眼角瞥到窗外一株株乾枝兀立的櫻花樹，在冷風中準備面對隆冬，然後在江水春暖時迸放期待一季的心力，短短數天裡，讓一片片花瓣於乍暖還寒的冷風中舞動，衰亡……。

有了！我告訴自己，我就在翌年的櫻花季裡，與武士塩見一同行走在櫻花漫天的田野裡，聽他述說他的理念，等他介紹「半農半X」的人馬與我認識。

數個月過去，我與工作人員選在四月二日飛往關西機場，當晚直行綾部。三天當中，攝影機前，塩見使命必達，滿足了我們所有的要求。

唯一例外，始終不見他的妻子女兒。企劃心怡有些不甘心，直嚷著，他帶領我們經過家門口，卻不讓我們進屋瞧瞧……。其實我提過不下五次，希望能拍下他妻女的畫面，他回我的永遠是：「喔！好！我們再來研究看看……。」然後，就沒有下文了。我跟心怡說，我們只能體會武士塩見的難處，或許他的妻不願在鏡頭前曝光，也許他女兒希望瘦點再見人。武士塩見似乎是有難言之隱，姑且就放他一馬吧！

塩見並不是那種八風吹不動的人，只要一提及台灣，他的語氣就變了，變得熱情而興奮。他前後來過台灣五次，到過桃園參加官方活動，遠赴花蓮台東，與台灣實踐「半農半X」的學者、學生、年輕人、退休老師相聚相伴；就連他的兩本著作都在多年前有了中譯本。最近，大陸的社會企業也邀請他到上海演講。

我們在櫻花盛開的波波暖意中離開京都。當天，在臉書上，就看到塩見放上的一張照片：似雪如幻的百年櫻花樹下，我與夥伴背對著他，直視遠方。或許，武士塩見換了個方式，在為妻女沒有露面道歉吧！

迎著光，照見勇氣

下廚的男人樣樣好

許嘉政

用教育滋養孩子

當他來到全屏東最南端的高士部落，當時初上任的高士國小校長許嘉政，望著因為少子化而空置的教室時，不知是否因為回想起小時候幫媽媽做菜，而讓客人一臉飽足的喜悅，才興起靈感改造教室成為「旅人居」？他的靈感改造了這座偏鄉小學，不僅讓當地的新鮮蔬食與部落傳統料理療癒旅人身心，他的教育理念也滋養了高士小學的學生。

愛下廚的男人不僅懂得食物的酸甜變化，更懂活化生命。

聽說，下廚是消減壓力的良方。

聽說，下廚可以培養領眾治事的素養與技能。

聽說，愛下廚的男人懂得愛家，較會疼老婆。

聽說，愛下廚的男人樣樣好，好過飯來張口，只會批評鹹淡甜辣，只會上班下班的死男人。

最近，我認識了一位愛下廚的好男人，他是屏東公館國小的許嘉政校長。

許校長是位典型的南部漢子。身高一百七十五公分左右，中等身材，腰圍的脂肪並不顯眼；頭髮微疏，但因略捲而帶

許嘉政校長（右）

點孩子氣……。善言，基本上說話不用打草稿；卻因口音的南部腔調而討喜了起來。

我是經由屏東的點燈顧問郭惠芯老師介紹，才與他結識。

許校長小學尚未畢業，就因母親在高雄開設自助餐廳，而學會了燒菜的本事。他從買菜洗菜切菜開始，就得迅速上手。接下來是煎荷包蛋、煮湯、炒菜。然後，是替客人打菜了。在整個過程中，他不但需有預算成本的概念，得在短暫的時間裡拿捏鍋中物的火候與味道，就連替客人打菜，都要抓好份量，甚至打量客人的臉色。於是，同年齡的同學還在為零用錢與父母嘔氣呢，他，許校長，已經跨齡在社會大學裡修習到關鍵學分，硬是在起跑點上贏過了同儕。

家境不好，懂事便早。許校長在台灣經濟起飛的那個年代，非常務實地選擇了平穩安定的教職；更何況，在鄉下地方，擔任教師的工作，畢竟是被鄉親耆老尊重的行業。

由教書開始，時候到了，自然就參加各種考試，跳到主任級，然後是校長。許校長秉持著樸實認真的南部民風特質，一步一步向上爬，然後，沒錯，取得了校長的任用資格。

第一份校長職缺，許校長就被派赴到屏東縣最南端，也就是最遙遠的高士部落，接任高士國小的校長。他每個週末才能回家一趟，週一一大早天沒亮，就得駕駛車程兩個多小時回到山上。

高士部落當年是不得了的勇士搖籃，為了抵抗日軍的占領，曾逼得日軍在海上砲轟，而依然屹立不投降。如今，時代的洪流大大地改變了高士部落的土地與生態，年輕人出走，留下的只有老人與隔代教養的孩子們。許校長，這位善於動腦，精於企劃的新科校長，當他立足於高士的泥土上，喝著當地的飲水後，在校長室配備的廚房裡烹煮佳餚，招呼教師們一同享用，並開始了解整個部落的脈動與氣息。於是，一幅幅社區發展的藍圖在他眼前出現：因少子化空出來的教室，他計劃改置為「旅人居」的舞台，讓都會來的旅人投宿學校，不但可以藉由當地新鮮的蔬食、部落阿嬤的傳統料理、動人的部落歷史故事，來療癒旅人疲憊待整的身心；旅人要道別時，還能帶著部落的有機香菇與有機醋等伴手禮回家。

雖然今日的許校長已經調離高士，改任公館國小的校長，但是我哪肯罷休？連求帶哄地拜託他，一定要帶領我到高士國小走一遭。於是，老實的許校長投降了，就在一個陽光也起得早的週末清晨，他親自開車，一路數說著屏東的人文與自然景觀，直奔高士。

等候我們的是許校長昔日的袍澤，他們犧牲了星期假日回家與家人團聚的機會，在那座署名為「曙光窯」的窯烤箱中，烘烤出香氣撲鼻，口感奇佳的手工麵包，來招待我這死皮賴臉上山采風的都市鄉巴佬。等到肚皮滿了，微風與花香將人幾乎都要吹醉了，我還有些心不甘情不願，捨不得下山去……。

高士國小的牡林分校，學生更少，卻是足球名校，曾得過世界大賽的冠軍。當我跟著許校長甫步入分校，眼前就展現一座平整的足球場，幾波學生不分年級性別，認真確實地想要踢好每一個落在足下的球。有一位個頭很小的男生，居然已備有華麗的閃人假動作，把我驚得差點沒下巴脫臼。他們見到許校長都熱切地認出，並圍攏了上來。最近，世界盃足球賽開踢，想來那間小小的分校，恐怕要在秀麗的山崗上驚聲連連，歡騰不輟吧！

調到公館國小的許校長也沒有停下來。當他得知該校有幾位擅於寫字的老師非常有才氣，便親自欽點了「四大才子」，我稱之為「公館 F4」；以這四位老師作為中心點，將中華文化博大精深的神髓注入到全校師生的血脈。學校的長廊到教室、保健室、廁所都沉浸在墨海之中；氣勢雄偉有之，婉約秀美者亦不缺。就連校工、醫護士都成了書法大家。更稀奇的是，孩子們不分年級，以書法為基石，無論陶藝、繪畫等課程，都能一絲不苟，心正意直地專注在創作裡。另外，還聘請了製作毛筆的師傅親自到校，傳授毛筆的製作學問。

據我觀察，公館國小的小朋友們雖然也都活潑調皮，但在他們的眉眼之間，卻透露出一絲端莊自持的特有氣質。這在淪為四處是負面教材的台灣社會裡，簡直成了一方難得一見的人間淨土，讓我嗅到也看到了台灣具有希望的明日與未來。

許校長跟我再三強調，拍攝公館國小的故事，他當然全力配合，他並不在乎該校特色，被其他學校模仿了去，但希望重點不要放在他個人，最好都能均散在其他師生身上。

我，沒有全聽他的。因為，我有點不爽。為了趕另一行程，我沒吃到他親手烹煮的菜……。不過，您不妨也說說看，這樣一位愛下廚的男人，是否真的樣樣好哇！

第三輯

我記憶中最溫暖的角落

每個人生命中總有些難以忘懷的人事物。
始終照顧自己的前輩、職場上第一個老闆、令人欽佩的同行、
一見如故的朋友、人生際遇起伏的老同學……。
是這些滾燙的回憶，
讓自己的人生像冒煙的茶，
值得一再回味一再品茗。
喝一口茶，聽一個故事，
你的人生中是否也有許多可愛的人、美好的回憶？

來自前線的本家大兄

張龍光

一輩子的大師兄

他不是我親哥哥，卻待我如親人。

不坑我、不騙我、還把所有累積的人脈都交給我，在異鄉供我吃供我住，

為我兩肋插刀，人生能得一個這樣的大哥，足已。

他與我註定有緣，都姓張。

他也搖筆桿，但不寫新聞稿，只寫劇本。

他是編劇，大名張龍光，在電視圈中響叮噹，曾以《星星知我心》連續劇得過金鐘獎的最佳編劇獎。也曾寫過《梨花淚》等無數叫好又叫座的連續劇。

初識龍哥時，我二十二歲，就讀世新；託恩師熊廷武的介紹，得以在台視打工。

擔任「劇務」的好處，就是哪個環節都能參與。當時，我隸屬於台視劇場，導播是黃以功。某週排戲，我拿到了劇

張龍光（右）、前台視導播張光勳（左）與我。我們三人都姓張，名字中都有光！

本，照理說，我必須先將劇本裡相關的道具先行羅列下來，以備次日錄影時使用。但是，讀著讀著，全然忘了工作，只跟著劇本中一對兄弟的對峙人生而喜而憂；一口氣讀完，內心澎湃洶湧，只覺得這劇本太屌了，編劇太神了。還沒等到我回過神來，忽然聽到助理導播隔著排演間的玻璃窗，指著走道對面的企劃組說，啊！張龍光來了！這個禮拜的劇本是他的，真好！

我大夢初醒般，拋開了慣常的羞赧，居然毫不猶疑地衝出排演間，直接進入企劃組，也不顧人家大編劇正與企劃組長談事情，就顫抖著聲音，衝著大編劇說，您寫的這本（台視劇場）劇本太棒了！我只看到他眼底溜過一股狐疑與驚愕，然後勉強擠出了微笑，啥話都沒說。我立即察覺自己莽撞得可以！一個臨時小劇務，臭屁孩，誰認識你？竟敢膽大到與大編劇搭訕？於是趕緊退出企劃組，只覺得滿臉的青春痘忽然都像是即將爆發的活火山，滾燙到要噴火。

而後，當兵，退伍，短期回到台視重操舊業，才又轉到新聞界。與景仰的龍哥不再有正式的交集機會，只在偶然的場合相見。但是，他是恩師熊廷武的愛將，所以感情上，我一直尊敬他為大師兄。

直到二〇〇三年，我承諾了漫畫家老瓊，要將她的作品《蔡田開門》改編為連續劇，前往大陸尋找合拍的對象。

某日，身在北京，忽然接到一通電話，劈頭就是一頓罵：「你這小子好大膽！跑到北京來也不先來拜碼頭！」我這才知道，龍哥現身了。

在此之前，聽說龍哥在北京開了間茶館「緣宿」。一直到後來才得知，嗜茶的龍哥被好友戲耍，說好一同在北京開茶館，好友居然臨陣脫逃，害了已經在監督裝潢的龍哥不得不概括承受，回台灣搬運老本救急。沒料到，「緣宿」在很短的時間內火了起來，成了台灣與大陸業界人士聚會談事的重要基地。

也因為龍哥的這通電話，我成了「緣宿」的常客，一個不付錢的霸王客。

與某些來自台灣的業界人士不同，龍哥不坑我，不騙我，不訛我不說，還把累積的北京人脈，毫不保留地都傾囊交給了我，還供吃供喝。一個下雪的夜晚，他打電話告訴我，他即將要改租一個大一點的房子，會幫我留一間臥房，以後，我就不必到處打游擊，到處尋找落腳的住處了。

在他面前，沒有客套這回事。我不僅跟著他全北京吃香喝辣，回到茶館，值班的小姑娘都把我當成老闆的親弟弟，另外幫我沏上降血脂的芹菜山楂茶，切盤水果與花生瓜子一盤盤的供應；回到家來，龍嫂也替我備好了各色水果，就連潤腸的便秘藥都備得妥妥當當。

每天的消夜，就是我最為享受的時刻。龍哥會擺出一茶几的吃食，從硝肉、豬腳、豆干、煎魚，到他的二鍋頭，我的赤霞朱。酒過三巡之後，他開始說起故事……。

龍哥在北竿長大。從小，他的身邊都是川流不息的國軍。

龍哥的母親是島上唯一會說國語（普通話）的人。當年，身為大家閨秀的龍媽媽，因為家道中落，被生母賣到北竿，嫁給龍爸爸。於是，蔣經國去北竿巡視時，龍媽媽是唯一可以擔任翻譯的人選。

後來，龍哥的父母開設了島上唯一的餐廳。於是，少年龍哥，看到了酒後想家，哭倒在母親懷裡的阿兵哥。他也看到了想家近瘋，抱著籃球游水回大陸，卻被潮水沖回北竿，當場被當成逃兵，槍斃在岸邊的少年兵。他也看到島上居民因為太窮，結夥打劫商船，擄回一大堆自行車，卻在山坡起伏的北竿完全派不上用場……。這些回憶，都成了龍哥日後創作不斷的源泉。

身為老大的龍哥，在台灣就讀國立藝專之後，慢慢將前線的父母與六位弟弟妹妹陸續接到台灣。後來，在永和福和橋附近買地建屋，共有七層，一兄弟一層；一樓是老人家的臥房與共用廚房，只要有空，他就親自下廚，烹煮一桌飯菜與家人共享。另外，他竟然有辦法將英文字母都念不全的弟弟張龍雲送進國立藝專，逼龍雲念了音樂科西樂組（可憐他根本還不識五線譜），沒想到，龍雲日後考上紐約茱莉亞音樂學院，今日不僅是大學院長，愛樂交響樂團的總監，還參與百老匯的音樂劇製作，近日連得數項東尼獎的大獎。

我與龍哥之間沒有肉麻，套交情的語言交往，不過，只要是我的事，只要我開口，他絕對會全力以赴。我在大陸拍戲，編劇鬧情緒，他立刻自北京飛到廈門，幫我完成劇本，連劇本費都堅持不受。我受他的故事感動，決定製作一檔以老兵為經緯的連續劇，他是統籌，替故事添血加肉。直到有一天，我發現我沒聽他的勸，果然自食惡果，四十集的故事大綱與完成的幾集劇本，竟然被大陸的「大腕」（有實力有名氣的人）剽竊。我得知後，數日輾轉難眠，直到忍受不住，在一夜半，打電話給他，向他認錯，辜負了他的期望。龍哥告訴我，要治那大腕並不難，只要將消息告知某一政治立場偏頗的媒體，正在台灣出外景的劇組絕對要暫時停工；但是，事情若是做到那份上，對我真的有實質幫助嗎？我說，我只企求龍哥的體諒；龍哥說，也罷也罷！就讓那人自己去背負因果吧。那晚，放下電話後，我終於獲得了一個難得的舒眠。

如今，龍哥的北京茶館雖然還在，大陸的劇本邀約也沒有斷過，但是，他把心思全都改放在兩個孫女身上，除非必要，他就賴在台灣，不輕易飛去北京了。

我至今還有一個願望，希望有一天，我能隨著我這來自前線的本家大兄，好好製作出一檔與老兵、國軍有關的連續劇。劇名也早就想好了：「哥哥爸爸真偉大！」

迎著光，照見勇氣

情人橋上看見她

夏台鳳

螢光幕後真性情

大明星夏台鳳舞台上光彩燿燿，私底下和氣、溫暖。

當我還在台視打工，擔任小劇務時，她待我極好，過年時還給了我紅包。

她不喜歡麻煩別人，做人講義氣，人紅時也不哄抬身價，可說是藝人的風範。人前人後，她都是發光的明星，因為光芒來自她的內心。

近年來，不只是兩岸三地，就連網路上都不時聯結有各個國家、各式庶民以及職業歌手的選秀，或是 PK 歌唱比賽。我何其有幸，居然就有一位好友是寫下華人世界選秀歷史的第一人。

她，就是夏台鳳，台鳳姐。

與她結識應有四十年了……。喔！嚴格說起還不止呢！

早在只有台視一家電視台的年代，台視舉辦了第一屆歌唱比賽，台鳳姐仍是台北育達商職的高中學生，居然就在決賽中，以一曲〈情人橋〉登上冠軍寶座。當時，我擠在有電視的鄰居家中，看著那位清秀佳人一聲聲把一個懷春村姑在情人橋上呼喚情哥哥的情懷，如橋下流水般給癡癡纏纏地唱了出來。當時只覺得，她有如雲端上的仙女，遠在天邊，遙不可及。

人生果然妙不可言，時隔好多年，我居然就在台視認識她了。

念世新的第三年，我有幸進了台視打工，擔任戲劇節目劇務的工作。或許我的表現還不錯，不但接了單元劇，後來也被邀進連續劇的劇組中。就在一個跨年的大戲裡，我與台鳳姐以及其他演員有了直接接觸。身為劇組最基層的劇務，任何幕後幕前的人物都可差遣我們做各種雜務，包括買香菸或是臭豆腐。不過，台鳳姐與她周遭的幾位演員卻對我極好，不但態度親和，還偶爾會塞小禮物給我。

為了感謝台鳳姐，我在年前買了一束花，送到了台鳳姐家去。她接到花後非常高興，我祝福她新年快樂後，就趕緊下樓，但她隨即叫住我，讓我等一下；沒一會兒，她居然拿了一個紅包，兩個快步上前就塞進我的口袋裡，我傻傻地站在原處，有些不知所措，台鳳姐一笑，要我代她問候家中的雙親。有股暖流在那個瞬間穿過我的腦門。

後來，我換了工作，與台鳳姐的情誼更深了。當我前往日本尋找人生下一個考驗之前，她與她的手帕交李慧慧，不但替我送行，還一同在台北設宴，替家父過六十歲的大壽。

接下來，我們少了聯絡，將近十年的光景，我只能在回國省親的假期中，自台鳳姐友人的口中得知她的近況。她的獨生子鄒顥跟著父親鄒森大哥遠去美國念書了，她恢復單身，也飄洋過海到了美東的紐約落腳……。聽狀況，台鳳姐的身體好像不是很好，獨自在華人聚集的法拉盛開了家服裝店。

我偶然間有了機會前往紐約，當然一定要去探望台鳳姐。就在法拉盛一個二樓的店面裡，她笑容璀璨地擁抱了我，還請我吃飯。她風趣地說笑話，逗得我哈哈大笑，我忍不住讚美，其實她是很棒的喜劇演員，不再演戲實在可惜了。她的眉間剎時閃過了落寞的暗影，隨即又神色自若地問起台灣其他友人的近況。

台鳳姐一直都是這樣，非常善良，凡事只為別人著想，自

夏台鳳

己的情緒與心境永遠壓低到不動聲色的地步。友人們最捨不得她的也是這一點。於是，我開始想像，台鳳姐一個人拖著笨重的行李箱，裡面塞滿了採購好的服裝，在香港街頭拚命地拉著，就是捨不得坐計程車……；鏡頭一轉，紐約街頭大雪橫飛，她依然一個人咬著牙，費勁地將那些笨重的行李翻過雪堆，搬上二樓的樓梯，還得擔心有人打劫……。

昔日的大明星，轉身為低調過日子的台鳳姐，心中肯定有一大堆難以解決的艱難功課，逼得她必須遠走異鄉，去療傷，去沉思。若干時日過去，我居然聽說台鳳姐覓得了美好歸宿，前國立歷史博物館的館長何浩天先生的公子何平南，適巧在紐約的大學任職，慈悲的月老就把她倆栓在了一起。因此，當我再次到了紐約，台鳳姐將我迎到她溫暖又雅緻的家中，親自烹煮佳餚，配上好酒，小倆口不停地幫我布菜斟酒，讓我險險乎醉了過去。

不久後，台視適巧找我製作台視創台四十週年的特別節目，我寫了《四十有夢》劇本，不但把一群台視的老演員找了回來，當然也將曾是「台視一姐」的台鳳姐自紐約請來，飾演劇中大姊的腳色。那些工作的日子裡，大家輪流作東請客，真是好不熱鬧。

有天，我接到台鳳姐來自紐約的電話，她說，何大哥決定舉家遷往上海發展。對於未知的未來，台鳳姐雖然有些不安，但是個性傳統的她，還是毅然地清理家具，賣了房子，陪同何大哥到了完全生疏的上海。自此以後，每回到了上海，只要與台鳳姐聯絡，她總會與何大哥選間好吃的館子，犒賞我貪吃的飯袋；她還帶著我去「百樂門」舞廳體會昔日十里洋場的風華。

有才華的人肯定不會被埋沒。台鳳姐在上海，偶然接了一檔《百萬新娘》的連續劇，竟然造成收視狂潮，許多的戲約一下子湧到。可是，本分的台鳳姐絲毫沒有亂了方寸，她不但聽任經紀公司的安排，還不漲一塊錢的片酬；她總是說，人要感恩才行，她不能為了賺錢而壞了做人的原則。我聽了也只能暗自讚歎，讚歎學佛的她，果然是位精進的佛弟子。

台鳳姐自始至終，最為牽掛的當然就是兒子鄒顥。

鄒顥從小就對演戲癡迷，不但能將父母演戲的腳色模仿得絲絲入扣，就連台詞都句句不差。台鳳姐並不贊成兒子走演藝圈，她擔心演藝圈浮華的表象會迷亂兒子的心性。不過，一切似乎都與宿命有關，鄒顥不願留在美國念書，居然自行作主回到台灣，投身到演員的行業了。台鳳姐自認，她在圈子裡的人脈早就不復存在，要想實質幫上兒子的忙，等於是緣木求魚。因此，她最害怕的就是半夜接到兒子的電話，她害怕喝醉的兒子、失意的兒子、明星夢不醒的兒子……一個不小心，萬一走錯了路，那該怎麼收拾？

半年前，我人在南部，接到台鳳姐的電話，說是兒子生病了，要在榮總長期治療，她要在天母租房子安頓兒子，希望我幫她留意一下。聽到她悲傷的語調，我不好追問鄒顥的情況，但心知不妙。過後，台鳳姐沒有再來電話，我轉問台鳳姐的摯友李慧慧。慧姐說，台鳳這個人不願給人添麻煩，如果沒有電話，就表示她都安排妥當了，也就不必去打擾她。

誰知道，聖誕夜的前一天，罹患肺癌的鄒顯就走了，得知消息後，我更不敢打電話給台鳳姐了。白髮人送黑髮人，終是人間大慟，我只能默默誦念佛號，祈禱遠行的鄒顯一路好走。

祝福台鳳姐，今生的母子因緣已了，就專心地把自己照顧好，與何大哥過好此生的每一天吧！

今生的第一位老闆

王正果

非比尋常的緣分

他是我這輩子第一位老闆，也是最特別的老闆。

這個老闆當著當著……成為我的益友、良師，

甚至是一輩子的好朋友。

他提拔我、栽培我，還在佛法的路途上提點我。

這年頭，夥計想與老闆成為換帖哥兒們，似乎有點異想天開。老闆的防衛措施肯定會立刻開啟，提防這小子的肚皮裡或許有一肚子的壞水在幽幽滾動。同樣的，老闆想與員工拉近關係，歃血為盟，也許也會被員工冷眼相待，防範老闆是否心懷不軌，要找代罪的員工當人頭，洗錢借錢借高利。

我很幸運，生平的第一位老闆，居然成了我的益友，至今與他相聚，搶著付錢的必然是他，就算事先言明我請客，他總會吩咐老婆去偷偷買單。（益友的定義好像不該如此論斷，哈哈。）當然，最珍貴的是，他也是我的良師，無論人生哲理倫理道統，他都會不吝惜地對我傾囊相授，就連學佛一事，他都是我的大前輩。他的大名是王正果，想來我這一生若想修成正果，八成也得靠他繼續度化了！

在校念書時，我曾在台視打工，擔任劇務的工作。當完兵後，也短暫地回到台視重操舊業，後來在台視碰到我的「點燈人」李慧慧（台灣第一齣連續劇《晶晶》的女主角）。她偶爾讀到我在週刊寫的文章，主動將我介紹給民族晚報的總經理王正果。適巧有一個記者的位子空缺，我毫無障礙地就當上了「無冕之王」。

那個實施報禁的年代，整個台灣沒有幾家報社，要想靠筆桿當記者，並非易事。我卻行了大運，搖身一變，憑空成了擁有記者頭銜的幸運兒。

才上班一個月，老闆就把我叫進辦公室，遞給我一個信封，裡面裝的自然是鈔票。他說，沒想到我既勤快又能寫，這份獎金是我該得的。我傻呼呼地立刻將信封揣進口袋裡，只覺得天底下居然有這等好事，讓我碰到如此大方的老闆。

我那騰雲駕霧、喜孜孜暈陶陶的熱氣還沒散呢，聯合報大名鼎鼎的名記者黃北朗找上我，竟然問我願不願到聯合報工作？我當場呆住，頭皮發麻，不相信這等好事會落到我頭

王正果（右）

上。不過，一旦燒退了，清明了，我反倒煩惱了，遲疑了。

老實說，我與任何人一樣，初聞此一邀請，當然是喜出望外，起碼是對自己能力的肯定；但繼之一想，才一個月而已，王總經理的知遇之恩還沒報，我如何能夠跳槽？如何面對老闆？如何啟齒閃人？結果，我做了最簡單的抉擇，我還是待在民族晚報吧！

因為是晚報，限於時效，在新聞的爭奪上無法與日報競爭，我另闢戰場，專走批判路線，久了自然開始得罪人。加上我這人沒有長性，只做了兩年不到，就覺得這份工作對我已無挑戰性，還是興起了異動之心。心想，跳槽既然不可能，那就出走吧。偏偏沒有時間去念托福，美國一時去不了，那就選個不需要留學考試的地方。於是，到日本去念個書，打個轉，成了我逃避的最佳途徑。

老闆聽說我要出國，自是不捨，當時他已提拔我做了組長，於是趕緊直白，其實有一套計劃要繼續培植我。但是，當時心比天都高的我哪聽得進去？還是堅持要走人。

經過近一年的手續折騰，我終於得以成行。老闆除了給我一個大紅包之外，自然要另設酒宴餞行。當天中午，酒過三巡之後，席上的張忠倫大兄忽然冒出一句話：王總怎麼捨得把阿斗放走……？這下完蛋，酒的催化外加離情依依，我立即被繳了械似地伏案大哭。這下糗了，一桌的人都傻了，紛紛勸慰我。其實他們有所不知，我那心思裡還有一路是虛的，是背叛的，因為晚報不可能有實力來養一個駐外記者，因此我很清楚，我不但要向老闆告別，也可能在日本琵琶別抱，另找一個新東家服務了（其間另有一段故事，此刻就不贅述）。

人生的公路真的不是平直大道，每每會在轉彎處讓你撞見不同的驚喜。我忘了在日本是怎樣將心中的起伏脈絡寫給老闆的，但我捧到他的回信時，卻是篤定又欣喜。老闆說，我們已是一輩子的朋友，他會很珍惜我這個朋友，當然也會支持我的任何決定。

於是，第一年的假期回台，我自然是快速與老闆見面了。他不但殷殷勸菜勸酒，還在席間與我交心。他說，他知道我的個性，所以任何來自新聞局以及被我修理過的抗議信件電話通通被他擋了下來，而且，老闆居然用他銅鈴般的大眼盯著我說：「阿斗！我私下調查過了，你真的很好，很乾淨，沒有去收拿別人的好處。你值得我對你好。」我聽了當場傻眼，久久說不出話來。

為了報答老闆給的恩澤，當時雖然已經在民生報上班。但也開始以筆名寫稿，寄給老闆。他總是以很大的篇幅，在晚報上刊載我來自日本的報導，直到晚報收掉。

得知晚報在解嚴後停刊，我也特別不好受。每趟回台灣，與老闆見面，聽到他述說如何被員工拐騙，如何讓他對人性失去信心時，口拙的我往往不知如何安慰他。不過，他總有法子以淺易的佛理分析自己的心路歷程，讓我知道，原來生命裡的功課是不能逃避的，也只有隨緣盡分，才能真的心安理得。

三、四十年的歲月才打個盹似的，就忽悠過去了。很離奇的是，我雖然在睡眠中經常做夢，卻很少重複；唯一經常入夢的，除了數學考試完全不會而驚醒之外，就是我又回到昆明街的民族晚報，又匆忙趕進報社，火速寫稿交稿，忙得不亦樂乎……。

我想，我與人生第一位老闆的緣分絕對非比尋常。前世，或許他是我兄或弟或師……。這一下，我倒是開始好奇了，如果下一生我還能為人，老闆會與我續上什麼樣的關係呢？他還是會做我的老闆？還是……？嘿嘿，姑且就走著瞧唄！

無法忘懷的夢幻騎士

楊士琪

典型在夙昔

台灣電影數十年來高低起伏，近年來國片復甦，媒體卻沉淪了。

曾幾何時，新聞工作者居然變成一個令人嫌惡的族群。

楊士琪，一個被大眾遺忘的記者，卻停留在許多電影人心裡。三十幾年前，台灣電影中的新浪潮作品《蘋果的滋味》曾遭受政治干預，被要求刪改劇情。楊士琪為此發言抨擊，她的膽識與魄力即使在今日也是罕見。

要寫已逝的故人非我專長。不過，這麼多年了，我還是沒有忘記她——楊士琪。

前幾天，看完了吳念真的舞台劇《人間條件三》之後，幾位當年服務於報社的老友，包括導演萬仁，心情大好，吃完晚飯後還是無法罷休，臨時決定轉進一間熱鬧的酒吧。不知不覺地，話題竟然轉到了楊士琪身上……。在短暫的沉默中，我告訴自己，嗯，我準備好了，可以來寫她了。

一九八二年的三月，我離開台灣。上飛機前，登機卡上必須蓋滿層層關卡的藍色與紅色印章。沒錯，那是個尚未解嚴

導演萬仁（右一）與柯一正、吳念真在舞台劇《人間條件三》後台合照。

的年代，機場裡每個拿著圖章面對你的人，眼神中盡是懷疑與不信任的符號，他們每眨一次眼，彷彿都能讓你如壞事幹盡的大盜，幾幾乎要緊張到停止呼吸，休克倒斃。

我很幸運，抵達東京三個月之後，聯合報系駐東京辦事處正式成立。當時，民生報的總編輯石敏先生通知我，民生報駐日特派記者的位子是我的。

我像是解掉了腳鐐手銬的犯人，在東京清新舒適的空氣中自由翻滾，飄盪翱翔。我跑到池袋的電影院，半帶好奇興奮，半帶一點罪惡的心態，看完了大陸展映的幾部電影，《牧馬人》是其中之一。我偷偷跟自己說，他們的電影沒有台灣宣傳的那樣「樣板」，那麼無聊啊！

每過兩天，可以收到國內寄來的報紙。那三大張，讓我捨不得遺漏每一個短行新聞。我逐漸自報上讀出味道，台灣隱隱中有些不安定的因子在聚合分解。電影新浪潮也在那沛然鬱積的狂滔中成形壯大。然後，出現了「削蘋果事件」。

由美國學成歸國的導演萬仁，在一部三段式的電影中執掌一段改編自黃春明的小說，吳念真編劇的《蘋果的滋味》。這對被黨機構掌管的中央電影公司來說，是劃時代的創舉，當時的總經理明驥、製片部經理段鍾沂、企劃吳念真與小野等人都是造勢作浪的重要推手。

就在快要上片之前，一位影評人向文工會投訴，認為片子在貧民窟拍攝，暴露台灣的黑暗面不說，還在片中影射美國大兵高高在上，在肇事後以一只蘋果來顛覆台灣淳樸的民風。於是，中影公司面對強大的壓力，必須要導演萬仁刪改劇情。

此一挫敗新電影新價值的黑幕，被聯合報記者楊士琪得知，她在獲得報社主管的支持後，以犀利的文筆戳穿了政治干預電影原創的荒謬突梯。

我在東京辦公室讀到報紙時，忍不住跳了起來，恨不得仿效泰山，狂吼吶喊一陣才能平靜下來。當下，對撰稿報導的楊士琪佩服至極。我甚至反問自己，如果換做是我，我會有這麼強大的膽識與魄力嗎？

沒過多久，一個來自台灣的記者團到東京出訪，楊士琪是團員之一。看到她，我興奮莫名，像是追隨偶像一般的盤問她更多來不及寫在報上的幕後祕辛……。直到晚飯後，我還是欲罷不能；好心的民生報好友高愛倫乾脆叫我不要回家，留在飯店裡與她們繼續聯誼。是晚，與楊士琪同一個房間的愛倫把床位讓給我，她與楊士琪擠在一張床上。這在當時保守的民風裡，還真是不容易的前衛行動哩。也因為那晚的長聊，我才知道，楊士琪的老公吳長生竟然是我之前服務的民族晚報同事。

這一次的東京相遇，我對楊士琪更是欽敬。她不囉嗦，話也不多，對世事有自己的看法，對台灣剛誕生的電影新導演更是呵護有加。只不過，人生的無常總是劈頭就來，往往讓你措手不及，徒留傷悲。

一九八四年的五月二十日，剛出完差，回到台北的楊士琪在報社寫稿至夜半。回到家後，她的氣喘犯了，為了讓先生與女兒好眠，她忍著、忍著……，最後居然將寶貴的生命忍到最後一口氣上不來……。

楊士琪的驟逝，讓所有感念她喜歡她的電影人與親友們詫異難信。

當年年底，我回台灣省親，照例會與新聞界及電影圈的朋友相聚。一個冬雨迷濛的夜晚，楊士琪的先生吳長生自報社下班，來到我們聚會的卡拉 OK 店，在場的幾個人都毫無防

才女楊士琪在報社留下的倩影。

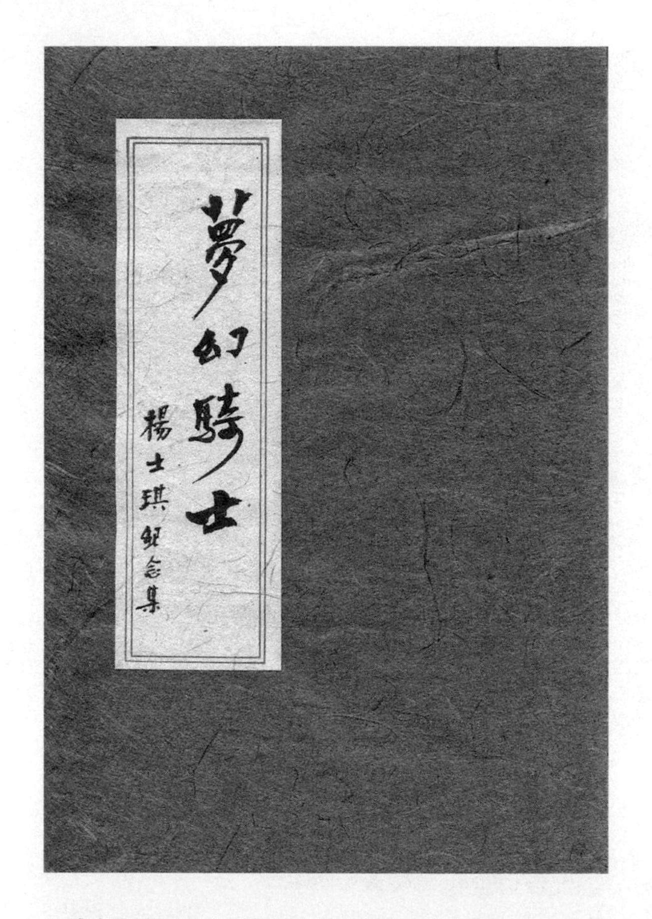

王威寧與涂明君夫婦為楊士琪出版的《夢幻騎士》，收錄楊士琪寫過的報導，以及同事和親友對她的追念。

備地淚眼相望，繼而輪流擁抱。

萬仁選了一首最愛的〈媽媽請妳也保重〉。歌聲中，我們心照不宣，相信大家都默默祝福楊士琪得以沒有罣礙地瀟灑而去，也祈願她那也有氣喘宿疾的女兒能無災無難地長大。

楊士琪雖然走了，感念她、懷念她的友人們卻是怎麼都捨不得。聯合報的好同事王威寧、涂明君夫婦，為她寫了本紀念冊《夢幻騎士》。將她追求理想，不畏強權的個性及行儀付諸於文字。電影界的二十五位導演、影人們，更進一步為她設立了「楊士琪紀念獎」。李行、侯孝賢、楊德昌、萬仁、吳念真、王童等著名導演一字排開，不為自己，只希望楊士琪留下的精神，能夠鼓勵更多的電影工作者。這份追加給新聞工作者的「死後哀榮」，空前是必然的，但千萬不要絕後才好。

「楊士琪紀念獎」畢竟只是一個自發性的鬆散組織，缺乏經費，更沒有資源。自一九八五年設立以來，同樣是新聞工作者的胡幼鳳，努力地帶頭奔走，希望能為這個講座奠定一個更有建設性與未來性的平台。

三十年來，此一講座只頒發出三個獎：一九八六年，頒給推動台灣新電影的巨擘，明驥先生（已故）。一九八八年，獎落培養出大陸第五代電影導演張藝謀、陳凱歌、黃建新等人的「西安電影製片廠」廠長吳天明先生（吳導演為六四運動發言而賈禍，遠走美國多年，此獎時隔二十年才交到吳導演手上，吳導演領獎時淚流滿面的一幕，相信天上的楊士琪業已看到。很可惜，吳導演亦已成為故人）。然後是一九九〇年，頒給為台灣電影新器材開拓新視野的林添榮先生。

值得一提的是，已故導演楊德昌在他最為人知的作品《青梅竹馬》的片頭，以中英文寫著：「獻給楊士琪，感激她生前給我們的鼓勵。」

楊士琪走了超過三十年了。她曾活躍在時代巨變的浪尖上，也急遽殞落在世事多變，人心澆薄的現實人世間。今日，台灣媒體沉淪，新聞工作者變成令人嫌惡，吃力又不討好的族群，楊士琪真是好福氣，不用看到如此不堪的窘境。

那個替吳念真歡喜的夜晚，突然憶及楊士琪，我有了異想天開的推測，假如楊士琪已經乘願回來，如今不是正逢大好年華？不知她是否已在尋覓一匹老馬，霍霍磨著一把鈍劍，即將以萬夫莫敵的氣勢，迎向那批正在亂舞中的欺世群魔？

迎著光，照見勇氣

舉手無悔的大丈夫

林海峰

人如其棋

雖然是因為採訪關係而纏著國手林海峰不放，

林海峰和師母卻總在棋藝研討會後將我這異鄉遊子留下吃飯。

他誠懇實在、待人親切，沒有一絲傲氣。

不管是台灣或中國去的棋手，他都一視同仁，慷慨以待。

偶去唱歌，王菲的〈棋子〉必不能略過。因詞曲皆美也！原來，下棋與人生的境遇如此貼切，無論愛情、婚姻、事業都是舉手便要無悔才行呀！我只會下五子棋，雖然必須會下圍棋才對。

八〇年代，我在日本從事過多年的新聞工作，採訪「本因坊」、「棋聖」、「名人」等眾多職業棋賽是跑不掉的任務。由林海峰開始，王立誠、王銘琬等華人棋士的崛起，與涂阿玉為首的女子高球好手，「二郭（郭源治，郭泰源）一莊（莊勝雄）」的職棒三大投手，在日本蔚為「台灣旋風」，使得當時一面倒向中國大陸的日本政治風向與媒體，不得不正眼看待這些「台灣製造」的風雲人物。

我躬逢盛會，非常有幸與他們在日本相會。其中一位便是圍棋國手林海峰。

林海峰自小就被視為「圍棋神童」。十歲時，與「大國手」吳清源對弈，立刻被恩師帶往日本下棋，從而在日本打下了將近半個世紀的豐功偉業！

我在一九八二年抵達日本，當時，林海峰在日本棋壇早已是炙手可熱的常勝將軍，已經拿過兩次「棋聖」，七次「本因坊」與三次「名人」的頭銜。

照理說，林海峰只能算是我的採訪對象，距離「朋友」關係還早得很。不過，私下相處的經驗，讓我對他留下了深刻印象。

日本職業棋賽，尤其是「棋聖」、「本因坊」與「名人」三大賽的決賽，都是選在著名且有歷史性的溫泉旅館舉行。第一次採訪「本因坊」時，我跟著當時在日本新聞界的耆老，中央日報特派員黃天才的身邊，豎直了耳朵，聽黃特派細說林大國手的趣事。黃特派說，林海峰在華僑學校念書時，一逢熱天，就喜歡坐上東京環狀的山手線電車，一來有冷氣，二來可打瞌睡，三來可以默背棋譜。他還說，林海峰多年來把日本棋士殺得落花流水，許多棋院大老希望他能迎娶日本棋院的女棋士為妻，可是林海峰偏偏對橫濱的華裔女子情有獨鍾，終於未能成為日本女婿。

林老師在日本棋壇成長為一株大樹之後，每個月會在家裡舉辦兩次的研討會，將單身在日本學棋的台灣棋士都找了去。我因而相信，他是吃過幼小就到異邦打拚的苦頭，所以最能體會小棋士在日本學棋的孤獨與壓力。因此，在林老師家中，我結識了王立誠、王銘琬，以及王銘琬的同胞弟弟鄭銘瑝、鄭銘琦、妹妹鄭淑卿等眾多年輕棋士。我發現每次研討會的中午，林師母都會烹煮出一盤盤的美食，有炸春捲、紅燒肉、天婦羅……。而林老師夫婦也往往把嘴上客氣，嘴裡拚命吞口水的我給留下來，讓我也跟著大打牙祭。

有位香港出身，武俠小說寫得極棒的新聞界大亨，是個有名的「棋癡」。有一回他來日本觀棋，林老師在赤坂的新大谷飯店設宴款待，也邀了我過去。我適巧聽說，大亨特別欣賞當時已嶄露頭角的王立誠棋士，有意將女兒許配給王。但是，王立誠與他的恩師林海峰一樣，跟著自己的感覺走，沒有成為大亨的乘龍快婿。

當晚也發生過另一件事。我依稀記得，我遞了報社名片給大亨，大亨順手放進口袋，沒有回給我名片，也沒正眼看我一眼。我只當大人物通常沒有給名片的習慣，並不以為意。但是一回頭，一位來自大陸的棋士進來，大亨立刻極其歡喜地換了張臉，急忙雙手奉上名片。心情複雜的我，事後歸納出幾個結論，一是大亨本為媒體人，小記者見多了，所以根本沒將我放在眼裡。二，記者就是記者，除非今天寫出的報導與評論自成一大家，享有崇高的社會地位，否則，一介普通的記者，在大人物巨大的陰影下，充其量只能摸摸鼻子閃到一邊。如今回望往事，也覺得當時年輕的自己太敏感。不過，宴會結束時，大亨居然願意對我開口說話了，他是向我索取當晚的照片；猜猜看，我有將照片寄給他嗎？哈哈！

林老師卻是不一樣的。

林老師永遠是誠懇實在的。他給人的印象是內斂，口拙。每回與他聊天，都是我說的多，他回的少。為了寫出內容來，我經常死皮賴臉地不放他走，而他也總是溫厚地受我折磨。每回，下完了棋，無論輸贏，對弈的棋士與講評的老師都會再三地覆盤檢討，經常要一個小時以上。偏偏我有截稿壓力，非得問到林老師親口說出重點不可。因此，覆盤結束時，他雖已累到不行，卻依然一手抓著凌亂的頭髮，一手開闔著不離手的扇子，很有耐心地告訴我，第幾手下得太保守，第幾手又亂了陣腳……。往往，失去耐心的是我，經常沒有等到他答話，就又拋出另一個問題，而他，一臉迷惑地看著我，一時不知該給我哪個問題的答案。有一回，他逆轉贏了，再次應證他那「二枚腰」（擁有堅強韌性，奮戰到底，最後逆轉勝的人，日本人稱其為「二枚腰」）的外號不是浪得虛名。我問他，上一盤戰局明明是領先的，為何最後失手了？他居然沒有吟哦，毫無遲疑直接回我，誰叫我那一場沒有去現場給他加油？我因此難得地閉嘴不吭氣了！

林老師的孩子自小看他下棋，家中走動的也都是棋院的高手。我問過林老師，是否會培養孩子繼承衣缽？他回我，兒子對棋還有點興趣，女兒則沒有。他說，學棋之事完全不能勉強，要有天份，更需要後天的努力，所以，他對子女學棋與否並不強求。

林老師沒有門第之見。那幾年，大陸的棋士也在國際大賽中崢嶸頭角。被大陸尊為「棋聖」且專剋日本棋士的聶衛平是其中之最。我一度與聶衛平走得很近，他每回來日本，都會與他喝上兩杯。我親耳聽過聶衛平稱許過林老師，不但棋藝高超，為人也特別親切，不但沒有一點傲氣，也經常慷慨地接待大陸來的棋士。

最近這二十年來，除了拍攝點燈節目的日本專集，跑到林老師家中打擾過一次，過後就鮮少與林老師聯絡了。

我這一生信奉的人生觀是與其沒做後悔，倒不如做了再後悔。今日檢視昨日的足跡，這才發現，沒做的還真不少；例如，曾走過不少球場，跑過高爾夫球賽的許多新聞，卻從未握過球桿，連練習場都沒去過。不過，我一點都不後悔。

反倒是，這圍棋，我為何就定不下心來好好學學呢？這……真的有些後悔。

佳人也是家人

張　毅

經火淬鍊的晶瑩

他的故事曾經撼動藝文界，成為大眾茶餘飯後的八卦。

二、三十年過去了，曾經有過的愛恨情仇早已昇華。

而張毅對於藝術創作的投入，倒像是經火淬鍊過的琉璃，晶瑩剔透。

不禁令人感歎他的生命如同熊熊烈火，真是精采。

情難守？情難留？一個情字真是載不動萬般愁？

在眾多朋友當中，從事藝術工作者，對「情」字的執著與耽溺，彷彿比其他行業的多上許多；或許，情愫的催動與激發，才是藝術家得以創作出閃耀作品的原動力。

數十年前，一位很有才氣的朋友 N 與女友兩地相思，從大學時代就成為班對的他倆，出了社會後，一個飛去美國深造，一位在台灣打拚。兩人說好，時間到了就結婚。某晚，夜宴結束得晚，好友 N 拉我回他住處，再補喝兩杯，好等到美國時差適合通電話的時間，他要與佳人互通款曲。

盡到陪伴朋友的責任後，一到 N 要打電話了，我自是識趣地躲進房間裡去睡大頭覺。睡夢中，我老聽到 N 彈著吉他，一遍一遍的唱著〈明月千里寄相思〉，雖然我翻個身就又得以睡著，但總覺得 N 這情癡未免也太多情，三更半夜的不睡覺，也不怕吵到鄰居。一直到日上三竿，我要起床上班了，才發現 N 如木頭人般，睜著血絲滿布的雙眼在發呆。我心中一緊，問他出了什麼事？他張開口悠悠說道，他的佳人變心，已經投向另一位男士的懷抱了。N 失魂落魄了好些日子，也無法工作，我每天替他送飯，怕他餓出毛病不說，還要幫他保密，結果惹得另一群朋友大為不滿。

是故，我開始學習躲避的技巧，只要感覺到身邊朋友身上有情絲纏繞，就立刻閃得很遠，免得又被流彈波及。

如今回頭張望，就算我身手矯健，但還是有三位好友的故事，讓我得以近身觀望；那次衝擊澎湃的力道之大，至今依然低迴難忘。

張毅是被公認的才子。小說寫得千折百迴，文字精煉豐厚；編劇加上導演的功力，擺明了就是說故事的高人。他與楊惠姍、蕭颯之間的情愛波瀾，已是昨日黃花，此處不宜再提，我要談的是他與惠姍創業的艱難與患難。

張毅與惠姍自電影界抽身，改為耕耘玻璃藝術界時，我剛好在日本。承蒙張毅不棄，要我在日本擔任「琉璃工房」的駐日業務代表，剛好我也辭掉了新聞工作。

張毅的才華是多面向的，對於飲食這一塊，他不但有興趣有研究，說起菜來，更是風生水起，香氣四溢。有一次，他與惠姍抵達東京已晚，我在家中炒泡菜麵條給他們做消夜。張毅站在爐子邊，問我有青菜沒？我說有菠菜，他立刻要我加進麵裡。等到麵炒出來後，無論色與香，都成了絕品，這也成了我家日後宴客最受歡迎的一道主食。

張毅的英文好，面對日本友人辯才無礙。他與歐陽菲菲的老公式場壯吉結成好友，兩人從紅酒、牛排，聊到國際大事；式場先生每次看到我，都要我代問張毅好。在日本媒體工作的朋友，對張毅的印象都極好，尤其女生，都說他很有魅力。

張毅每回喝咖啡，聊起「琉璃工房」的總總，都讓我的腎上激素加倍分泌，經常暗自慶幸我不是他。他疼惜共同創辦人王俠軍的才情，曾經要我出馬當說客，把俠軍留在「琉璃工房」。他說，錢燒光了，惠姍一棟一棟的房子賣了，不夠，再想方設法調錢，好過銀行三點半的紅線；真的走投無路，甚至向蕭颯開口，日子過得危懼難安不說，血壓也跟著節節高升。雖說為了張羅銀子而天天難過天天過，張毅卻是戰鬥意志堅強，堅持依照計畫出兵，還選了個難度最高的日本市場……。果不其然，在東京銀座的三越百貨展覽，讓我看到了張毅的大器與遠見，他舉手投足都信心滿滿，讓日本名流讚歎不絕的喝采聲，化作了一張張的訂單。

相形之下，惠姍對工作埋頭深入，正如她對情感的絕不回頭。她面對作品原型的雕飾，一刀一刀的堅定果決，經常一抬頭就已是黑夜轉向黎明的一刻。脫下工作服的剎那，她必須立刻華麗地變身，她又是影后，又是「琉璃工房」的門面與招牌，氣度與風範，頃刻間就是眾人眼中的焦點。我最為訝異的是，惠姍絕對不是銀幕上冷熱自若，英氣逼人的強勢女子。在張毅身邊，她就是一個小女人，她的世界就是觸目可及，只有張毅存在的空間。就連接受媒體訪問，她都要張毅幫她擬稿；當然，只要張毅開口，她只會深情款款地凝視著張毅，那怕是一小時、兩小時，皆能文風不動，連帶著，地球都好似不再轉動。

在日本一同打拚、一同工作的那段歲月，我們經常是一早就到展場接待客戶，中間要出門去拜會大客戶，晚上又馬不停蹄地應酬媒體與商社老闆。不過，惠姍從不曾叫過苦，張毅永遠是那座不動搖的山岳，我們真正可以休息的是深夜的居酒屋與拉麵店，一杯「一番搾」生啤，一盤串燒，一碗醬油拉麵，就已經幸福到不行。直到今天，每回見到張毅，他還是溫暖的一握手，加上抿嘴一笑；惠姍，則是一記大大的擁抱，還有一句日文「NATSUKASHINE」（懷念之意）。

因為張毅之故，我與蕭颯自然也是朋友。上回見面時，蕭颯還提及，她曾經在我回台省親時，去我東京的家住過好幾天，我卻是忘得一乾二淨。如今，蕭颯已做了外婆，最近又出版了新的小說，她的日子過得寧靜又充實。我跟她說，我一直對她那本《小鎮醫生的愛情》最是情有獨鍾。蕭颯描繪初老男人對於愛情的憧憬、遲疑、貪愛等種種心境，簡直細膩到讓人怦然心動。她微微一笑，跟我說，這本小說最近也要重新再版了。我故意跟她玩笑，說是好多人都說，張毅的臉上雖然常有微笑，但好像還是有點冷，蕭颯沒有任何思考，立刻幫張毅說話，連說，不會啦！不會啦！他就是那樣啦……。

雖然許久不曾與張毅聊天，但是我在猜，走過狂風巨浪，看盡人情冷暖，又經歷過生死考驗的心臟大手術，張毅的天空應該是映照彩霞的夕陽與閃爍的星子交相對望的光明世界，那種光芒或許不再刺眼，也不再纏綿；但是，暖意，卻是無止境的。相對的，他生命中的佳人，皆如他的家人一般，必是永遠的。

自斬桃花的美男子

王俠軍

被壓力淬煉出的本質

他有才情又俊美，大可以像古時詞人處處留情繾綣。

但王俠軍的熱情全都投注在藝術上了。

為了自己手繪的陶瓷設計圖，他可以四處尋找工房與名師合作，他不肯有一絲妥協，只為了追求內心最完美的成品。經過這幾年淬鍊，王俠軍潛在的本質顯現，可以侃侃而談、出書、展現自信自在的一面。陶瓷因為高溫蛻變，壓力何嘗不是讓人蛻變的那把火?

身為俊美又兼具才氣的美男子，王俠軍在我的朋友圈中，是注定有好人緣的。他善於傾聽，毫不張揚，就連酒品都極好。

有位被公認為「美女」的傳播界名人，曾在酒過三巡之後，醉眼朦朧地自我表白道：「怎麼辦？看到王俠軍就想流口水？」她甚至還點名道，那個誰啊誰啊，都恨不得攀在王俠軍身上跳鋼管舞。

另有一位台北社交圈的名媛，甚至當著俠軍的老婆沈靜君的面，十分認真地詢問她，是否能將王俠軍讓給她？害得靜君自此拒絕出席任何有此豪放女出現的公開場合。

我逮住機會，也很直白地問過俠軍，只要他願意，排著隊等著當他小三、小四、五、六的也許可以掛號到天邊，他很簡潔地告訴我答案：「怕麻煩！」

沒錯，為了怕麻煩，俠軍揹著一把桃花心木削成的劍，管他桃花桃花滿地開，只要是桃花擋道，便舉劍就砍，毫不留戀。但是，一旦面對藝術創作，他卻絲毫不怕麻煩，甚至是不畏艱難地往麻煩的領域裡死命鑽。

俠軍是我世新的同學，讀的也是電影科。我與他雖是同年

也可以說，這是 26 歲的生日蛋糕。

同月生，但他沒留過級，居然成了我的學長。

真正與俠軍熟稔，是從他與張毅、楊惠姍組成「琉璃工房」開始。

張毅雄才大略，惠姍堅韌投入，加上俠軍的才藝縱橫，他們三位打造的「鐵三角」，在二十多年前的華人世界，捲起了千丈雲萬丈雪。我適巧辭掉了東京的新聞工作，協助推動「琉璃工房」在日本的行銷巡展。是以更能體會到他們三人打造玻璃工藝的難處與艱辛。

俠軍先行前往美國的底特律學習玻璃工藝，帶著一身武藝回台。張毅天天為銀行的頭寸忙到血壓高，惠姍則帶著工作人員忙進忙出。我偶然聽到靜君私下抱怨，家裡兩個孩子都小，俠軍只是悶著頭在做設計工作，也悶著頭不說話，問他什麼都不回答，讓她十分擔心。有一回，我坐張毅與惠姍的車，一大早就到北投俠軍的家，接他到淡水的「琉璃工房」上班。果不其然，一路上，都是張毅在說話，他分析市場，描繪未來的藍圖，將車內的氣氛營造得紅紅火火；惠姍想當然，只是一往情深地看著張毅，但是，俠軍像是悶葫蘆，就是不吭氣。

又有一回，我們在日本橫濱的松屋百貨公司辦展。「鐵三角」當然都到了。俠軍在展出的前一天，默默地率領同事將展場全都安置好之後，要坐次日一大早八點五十的班機回台灣，監督一批新貨出爐。天很冷，我當然躲在被子裡補眠，但事後聽惠姗說，張毅天沒亮便起床，親自送俠軍前往機場；我大為感動，慶幸與這三位至情至性的夥伴一同打拚。

無常終究出現。俠軍與「琉璃工房」分道揚鑣，與他的二哥另組「琉園」。其間的過程歷歷在目，卻已都成過眼雲煙。

我也曾短暫協助過「琉園」開拓日本市場，後來因電視製作的本業忙不過來，也就辭謝了那一份兼差。

雖然不再有工作上的交集，但是，我忽然察覺，俠軍變了，或許說，他潛藏的本質顯露了出來。最大的不同是，他可以面對攝影機侃侃而談不說，還接下電視廣告，以溫潤的形象與低沉又帶些沙啞的聲音，打造出自信且自在的形象。他自己寫書，文字精湛細膩且有畫面……。我身邊的友人，包括我自己的另一半，都對此十分訝異，咸認俠軍在文創產業肯定能打出一片不同的江山。

雖然玻璃工藝順利的進行，但我知道，俠軍心中另有一座火爐熊熊地燃燒著。多年了，他陸續帶著手繪的陶瓷設計圖，前往日本最著名的陶瓷藝工房以及名師處，尋求合作。但是，得到的回音並不正面，大多數的人都認為俠軍繪的圖不符陶瓷工藝的工學；那些線條勢必會在燒製與冷卻的途中崩塌掉。就算有一家勉強燒製出來，最終也哭喪著臉向俠軍投降了。

俠軍的失望與落寞，最看不得的當然就是另一半靜君。處女座的靜君一副捨我其誰的模樣，挽起了袖子，向俠軍請纓，開始招募資金，尋找地點建廠，決意讓俠軍的另一個夢想走進聚光燈下。已過五十歲的靜君，支持俠軍離開「琉園」，打造「八方新氣」的瓷器新生命。

無路可退的俠軍與靜君，因緣際會找到聖嚴師父的俗家，江蘇南通的一塊地，再次本著初生之犢不畏虎的精神，建廠募工，摸索起瓷器的生命結構。途中，聽說資金不足，靜君急著尋覓新血源；台灣的旗艦店出問題、大陸的展示店找不到理想地點……。偏偏俠軍不肯妥協，耐著性子折磨工人，裂了再燒，破了扔掉再塑。我幾次到了上海，想到南通去看一看，替他倆打打氣，但總是憋著一口氣，沒敢去看到實情，我怕我的心臟負荷不了。

前不久，我與妻搭早班機前往日本，才過桃園機場的證照查驗處，就看到靜君拖著一大一小的行李，要趕去南京談生意。我還沒來得及數說她氣色不好看，她就指著我的鼻子說我太胖，應該運動減肥。我們相互擁抱一下，互道珍重，約好年節一定要好好歇息，一定要好好聚聚。不過，靜君的一句話始終在我耳邊迴盪。她說，如今才知道自己的大膽，竟然膽敢在全然不懂陶瓷學問的情況下，投身到如此浩瀚艱苦的行業裡。

在另一個場合中，偶爾聽到一位女性朋友在呢喃：「美人會遲暮，美男似乎也會失色。」她的同伴立刻回道：「喔，是說王俠軍喔？不會啊，他的身材維持得很好，小腹平坦，眼尾的紋路反倒顯得整張臉更立體更有書卷氣。」我當下決定，要找個機會，把前者的話掩蓋掉，把後者的話說與王俠軍聽，看看是否可以換來一瓶加州紅葡萄酒。

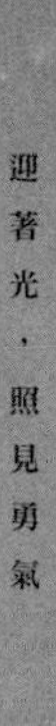
迎著光，照見勇氣

他的心裡，住著一個小男孩

柯一正

可愛的人，做正直的事

柯一正是個可愛的人。有人從他的電影作品認識他，有人從他帶領的「紙風車」三一九鄉鎮圓夢活動認識他，有人是因為反核認識他，也有人因為他參與政治選立委認識他。

他是「好好先生」，他老是呵呵地笑，直到你也隨之笑出自己內心的那個小男孩小女孩。

我們說一個人「幼稚」，這絕對不是奉承的話。

說他純，有點誇讚的意思，但是口氣稍一不慎，就又有了揶揄，言下之意，會認為此人有些迂，有些不食人間煙火，有點向「蠢」靠攏。就如同形容人「執著」一樣，裡頭帶點挖苦。

換一種說法，譬如近日報章的某種形容：「他的心裡，似乎住著一個小男孩。」這句話，讓人輕易就解除了防衛武裝，覺得此人不但沒有侵略性，還來得平易近人，在「純」之外，也摻和了「真」在裡面了。

沒有錯，我有一位友人便是如此。他是導演柯一正。

第一次認識柯導是八〇年代，他在美國念完電影，正要回台，準備加入台灣電影聲勢浩大的新浪潮。他與當時的另一半 R 過境東京，與我相約在目黑車站邊上的一間居酒屋。柯導酒量鴉鴉烏，一口啤酒就能繳了他的械。所以，整晚的話語權大都掌握在 R 手裡，柯導已醉得恨不得倒在榻榻米上睡上一覺。不過，正當 R 以歡愉幸福的口吻，對他倆的婚姻以「七世夫妻」來形容繾綣難捨的情緣時，已然熄火的柯導，忽然清醒地扔出一句：「這一世已經是第七世了……。」當場把我弄得非常尷尬，不知如何去接他的話，就連故作沒聽到的模樣都來不及扮。好在 R 大概已經習以為常，不但沒有任何不豫之色，還神色自若地繼續延續方才的話題。

憑良心說，我對柯導的第一印象簡直好呆了，如此幽默，如此純真的人，相處起來真的一點都不累。

後來，我自日本回國，一開始沒有正式的工作，剛好有柯導介紹，就窩在柯導幾位學生組成的傳播公司裡，談劇本，寫企劃案，製作戲劇節目。柯導總是隨傳隨到，還找了不少精彩的電影給我們欣賞研究，只要是他說好看，我們都深信不疑；他也興緻勃勃地陪同我們再看一遍，該笑的時候大笑，該紅了眼眶的時候，也頻頻眨著他那不小的眼睛；我也因此與他走得更近了些。有時候，他開車送我回家，路上聊得更多，他毫無城府，什麼都與我分享，一般人眼中尷尬不營養的遭遇，在他嘴裡都成了爆笑的喜劇；所以，他調侃自己，向來都把自己的悲劇當作喜劇來演。

因緣使然，我在極度意外的情況下，必須在非常短的時間裡自行創業。柯導立馬安了我的心，他與學生自組工作室，與我合租辦公室，讓我降低了創業的風險。沒過多久，我們在敦化北路的巷子裡改租了另一間辦公室，恰好隔壁有空房，柯導又跟著我們搬了過去。就在那段時日，我發現柯導的人格魅力益發顯露，他拍廣告，拍電影，甚至玩起舞台劇。一些極具才華的工作人員都出現在他的四周。我有些不得其解，總覺得柯導有用不完的精力，可以跨界跨行，啥事都能得心應手。

影視圈的大事小事特別多，一個不小心就會得罪人，甚至聲敗名裂，跑路失蹤。當然，在人們以放大鏡檢視的情況下，一些芝麻綠豆大的事經常會被繪聲繪影，變形變大。有時，與朋友聚會聊天，我發現每個人對柯導都特別好，沒有人說他壞話，沒有人批評他，沒有人以他為敵。這還真的不容易。

沒錯，所有的人都封給柯導一頂帽子：「好好先生」。

「好好先生」的身邊有一大群好人，一群能幹的人。他的廣告公司始終是台灣業界的翹楚，他每年帶著員工去國外旅遊。每當朋友讚美他經營成功時，他總是摸著腦袋，一臉無辜地說，他成天在外面玩，公司都交給員工去忙，沒想到員工替他賺錢，他要感謝都來不及。

他帶領的「紙風車」三一九鄉鎮圓夢行動，不知溫暖了多少偏鄉的孩子與大人。他與吳念真等一群好友策畫的舞台劇，場場轟動，每齣戲都叫好又叫座，最近還紅到大陸去。每次看到他喜孜孜地沉醉在工作的喜悅中，我也跟著輕飄了起來。

有一回，在一個餐敘中，他的一位工作夥伴也是座上客，此人是行銷高手，既會演更會說，把一桌人逗得樂呵呵，柯導在旁跟著笑，照樣還是半杯啤酒跟著混。或許是氣氛太嗨了，柯導的夥伴在眾人爆裂的笑聲中，忽然回過頭，對著柯導說：「董事長！那你多賞我一點錢！」沒想到柯導忽然臉一擺，非常不樂地回道：「我最討厭你這樣，為什麼你總是不看場合說話？」眾人剎那間都傻了，沒人敢接腔，反倒是那位夥伴哈哈一笑，舉起杯子又找人喝酒，輕易就轉移了焦點。

這是我第一次看到柯導變臉。

然後，他有了更勁爆的創舉，居然帶頭開始了反核的社運。我在網路上看著他的行動。我有些恍惚，難道人們口中

老是呵呵笑的柯一正，鮮少露出不開心的面容。

柯一正抱在懷裡地就是他的愛犬「小牛」。

的「好好先生」也有反骨？或是他那招牌似的「呵呵」笑聲裡，只是某種情緒的反應？原來他的內心果然住著一個小男孩，一個有理想有原則，有情且有義，黑白至為分明的小男孩？

反核行動一百場之後，柯導暫時偃兵息鼓。那位小男孩的腦袋裡，肯定還有一些點子在發酵。

柯導大病過一場，人說患難見真情，柯導終於把知他、懂他、照顧他的 J 娶進了門。也有人說，柯導最心疼的女兒成年了，也讓柯導放下了心中的牽絆。

柯導的家裡養了兩隻狗，喜歡翹家的牛頭梗「小牛」是柯導的心頭肉。黃金獵犬「小威」則是 J 的「親生兒子」。兩人每天的生活繞著這兩個毛娃娃轉。這一家四口天天上演不同的連續劇；就連柯導難得出手，要打頑皮惹禍的狗兒子，J 居然會一個箭步撲上前，護著狗兒子，聲淚俱下地跟柯導說，要打就打她好了，把氣頭上的柯導逗得當場笑彎了腰……。

也許每個人的心裡面，都住有一個長不大的小男孩或是小女孩，就看你是如何來察覺了。

我只是衷心祝福柯導心中的那個小男孩，，千萬不要輕易擂出太令人刺激驚訝的新把戲，畢竟大家的年紀都大了，小心臟都開始危脆轉弱了……。

迎著光，照見勇氣

奇怪！他為何就是不生氣！

陳正毅

用生命書寫

陳正毅，他的故事居然是從他被酒駕的機車撞成重傷開始說起。

這苦難揭開一連串難以承受的折磨，老天爺好似在跟他開玩笑，看怎麼樣才能讓他生氣：他失憶、被資遣、漫長的復健、罹癌、妻子罹癌……，只要有一件都可能掀起別人生命巨浪的轉折，居然接二連三發生在他身上。

但是，他總是那麼平穩、溫和，直到病痛讓他離世的那一天為止。

他的一生彷彿是要告訴世人：這裡有一個人，不管命運怎麼折磨，他都能溫潤以待。

我的「天下」缺乏有形的範疇，它甚至說不上大。

我的「天下」是由各種不同面向的朋友所組成的。

他（她）們的長相、性別、口音、職業、人生、喜惡、年齡都不同，可是有一樣是相通的——他（她）們都擁有一顆溫暖喜樂的心。本文中登場的這位朋友有一項最奇異的特質——他好像就是不會生氣。他叫陳正毅。我念世新時候的學長。他是一位癌末患者。

過去，我在台灣任職報社的記者時，有時候會與他在某個採訪場合見面。在此之前，我早就知道他，他是世新《新聞人》校刊的發起人之一。文采絢麗，名聲遠播。而後出了社會，當他看到我，都會很親切地叫我，跟我打招呼；我反倒是慢熱的人，半天沒法跟他說上半句話。然後，知道他高昇，左手可寫稿，右手拉廣告。只不過，我始終無法將他的人與廣告業務連結在一塊兒。

數十年過去，我不再有機會與他交會。一直到臉書火紅了，我也跟著時髦登錄，竟然就在網路上碰到他，依舊是他先叫我，要加入我。我趕緊按了確認鍵盤，深怕慢了一步，就顯得更失禮了。

看到他臉書上的文字之後，我方才開始拾撮與他失聯數十年來，他的人生碰到了哪些翻騰、哪些蠻攪。然後，我暫時不敢再看，匆匆下線。

一次偶然的聚會中，聽到在座的人提起正毅兄，我沒有搭話，就是聽著。其他的人說了什麼我已然走神，完全沒在耳裡停留，我只是一味地跟自己叨唸， 快！快點與正毅兄約見面。沒多久，終於見面了。那頓晚飯，正毅兄的食慾不錯！他想見的老友除了一位沒到，其他的人都齊了。看他開心地吃著，偶爾也會接腔，我的心定了下來。

陳正毅和他的女兒佳

很奇怪，自此之後，每次上網，我就會習慣地尋找他發布的文章。一向，他會像是與己無關似的，將病情的發展、身體的變化、癌細胞啃蝕的疼痛一一陳述在網上；我跟著他的行文，一下子慶幸，一下子憂傷，他竟然有此辦法，左右了我日常生活的注目焦點。

突然，他休兵了幾天，我心生不祥，果不其然，忽然看到他的女兒代父發文了，說是正毅兄病危，送進醫院。我想，他絕不會就此倒下不起，他捨不得可愛的孫子。結果，他真的打贏了這一仗，安然出院。

我也決定要向他開口。我打了電話給他，說是想製作他的抗癌故事，希望他能應允。沒想到，他沒有半點忸怩，一口答應。

選了一個不是太熱的秋末午後，我與工作人員到了正毅兄的家。我不再有任何顧慮，想到什麼就問什麼。他一樣，每問必答，絕不遮掩。只不過，他的咳嗽經常會打斷自己的話不說，我的胃食道逆流再發，痰一上來也忍受不住地猛咳一陣。那個當下，我恍惚覺得，藉由我與他此起彼落的咳嗽聲，他的所有苦難都能一一穿越過來，由我來體會。

正毅兄的苦難是被酒駕的機車撞成重傷開始。他昏迷過後居然失去記憶，靠著結縭數十年的妻子淑鳳與女兒佳筠一聲聲的喚回來不說，還從一加一等於幾開始復健……。就算他的智能逐漸復甦，但是，任職的公司不願再等，居然派人來訪，要求他離職。一向自愛的他，沒有提出任何要求，當場點頭了……。我的嘴張了半天，久久無法闔上，這……在下班途中發生的意外，就不算公傷？這家如此有規模的媒體公司，豈可如此對待一位老實不鬥爭的盡職員工？

漫長的復健路上，正毅兄當然會有落寞的情緒衍生。負面的能量，讓他的健康亮起另一盞要命的紅燈，兩年後，他居然罹患四期的大腸癌。

只因身邊有了愛妻淑鳳的照拂，正毅兄的手術非常成功。但是，晴天霹靂不是戲劇中才會出現的，他最愛的妻子淑鳳居然也在一年後罹患大腸癌不說，被醫生判定為初期的淑鳳竟然於兩年後過世，此一打擊，差點讓痛不欲生的正毅兄喪失所有的鬥志。幸好，小孫子的可愛與貼心，適時補上了他心頭的大缺口。他咬緊牙關，繼續面對癌細胞的「調皮搗蛋」（正毅兄親口的形容）。

我問他，酒後肇事的人呢？有賠償？有來懺悔？正毅兄淡淡的一笑，他說，當事人的家業看來也不好，他只希望對方要記取錯誤，一個月一千元的補償金，要付五年。只不過，才不到一年，此人便不見蹤影，正毅兄說，算了，人家沒心，何苦再苦苦相逼？

我聽他的好友淑芬說，他當年結婚時，國畫大師黃君璧送他一幅畫誌賀，他送去裱畫店裱畫，過了幾天去取時，裱畫店老闆居然反唇問道，有嗎？你有送來過嗎？正毅兄摸摸鼻子，訕訕而去。

他，一直都不生氣！

我很氣，就連癌細胞都在欺負他！

他體內的癌細胞，由大腸跑到肺，跑到脊椎，跑到腦。正毅兄說，老天在跟他下棋，老天下一手，他回一手，他也只能被動地頑強抵抗，只等老天哪天一攤手，跟他說，你輸了，他才能停手！我又氣了！對老天爺！

他語氣平穩，每句話都誠懇真切。他說，他最後悔的一件事，就是當年在職場中沒有照顧好自己的身體，不但菸酒不離口，還經常通宵打麻將，有時上午到家，剛好碰到子女出門去上學。或許是妻子淑鳳太賢淑，從來不過問他的事，有的只是一味包容，所以，他失去了許許多多與家人共處的時間。如今，回身一看來時路，他說，如果人生還能再來一次，他一定要把家人放在第一位。

聊天的過程中，我發現正毅兄非常在乎他人的情緒反應，他兩三句話之中，都會夾帶一句對不起，就連咳嗽都要說對不起！我回道，不要有那麼多對不起啦！我自己跟著咳，也沒道歉啊！他說不過我，只是委婉地笑笑，還是給了我一個對不起。

二〇一三年五月，醫師當著他的面宣布，他只剩下三個月壽命。他不慌不忙地將醫師的宣判放上網路。許多朋友都心疼他，鼓勵他，於是，在眾多友人的資助下，他集結了手邊的書稿，出版《用生命書寫》這本書。也許老天爺並不是那麼絕情，這本書雖未能進入一般街坊的發行管道，但是在朋友間口耳相傳的情況下，不斷地加印；就連他高中母校的校長都購買了三千本，送給全校師生，作為生命教材。

正毅兄坦言道，他不是不怕死，只是罹癌之後，對生命有了不同的體認，他決心要過好每一天，盡他的能力，將這份心意傳達給更多的人。

每每，在週日晚上，我會在臉書上讀到他的遊記。但是，那怕是寒流來了，下大雨了，逢年過節大塞車了……他都在兒子與孫子陪同下，去到山之巔海之角，讓我看得心驚膽跳！還忍不住地勸他，好好在家休息吧！但是，他沒有一點退縮，他認為，兒子抓緊每一個相處的時機，讓他與孫子、家人一同呼吸，一同散心。我，當然趕緊閉住這張大嘴！

今早，接到他的電話，一再感謝「點燈」替他製作了如此溫馨的專輯！我跟他說，我才要感謝他，願意將人生的體認與抗癌的故事與廣大的觀眾分享。

電話中，他的口氣沒有日前的有力；有些虛，有些喘。我本想再補上幾句，但隨後立刻打消了念頭。因為，我只是很無聊的想問問他，為何他總是不生氣？不動怒？

陳正毅。我的學長、我的朋友，一位不會生氣的生命鬥士。

您呢？您的身邊是否也有一位如此特別的朋友？

＜補述＞

正毅兄在二〇一四年四月二十八日光榮走下人生舞台。

他下台的身影，好。

好到不忍叫好。

龍兄虎弟在王家

王正中、王正方

令人生羨的兄弟情

他們一個是中研院院士，理性做學問。

一個是導演兼作家，活潑才情好。

他們感情好，衍生的故事也不少。

每次與他們相處，總會心生羨慕，

要是自己有個這樣的哥哥或弟弟，該有多好？！

很奇怪，一見面就喜歡他兄弟倆，就是有種說不出的親切感。無論是對話與一舉一動都份外討喜，真可謂是一對「龍兄虎弟」。

哥哥王正中，是中央研究院的院士，曾經發明新藥，替非洲無數罹患寄生蟲病「河盲症」的，尋到了新生命。他自小一路上來都是第一名；考上台大，出國深造，事業有成，彷彿一路都不曾碰上過紅燈。不過，他一直患有心病，認為父親偏心弟弟，讓他足足痛苦了數十年。

王正中（右）與王正方（左）。

弟弟王正方，既是導演，也是作家。一看就是機靈鬼；是那種平日屌兒郎噹不K書，關鍵時刻卻讓老師同學跌碎一地眼鏡片的聰明人。他當年在不被看好的情況下，吊車尾地考上第一志願台大電機系；之後一樣去到美國留學，拿到賓州大學的博士。然後一轉身，居然去當電影導演了。

我喜歡跟他倆聊天，聽他倆說上三天三夜都不犯睏。

他倆的父親王壽康先生是著名的語言學家，也是「國語日報」的創辦人，當年國民政府退居台灣後，推行國語教學的先驅。或許是弟弟討人喜歡，爸爸對正方就偏心起來了。無論在外面闖了任何禍，學校考試的分數多麼難看，爸爸一句難聽的話都不說。反倒是哥哥正中老考第一名，反倒被父親說了重話，斥責他是分數的奴隸。可憐的哥哥以為考高分可以獲取父親的一點讚美，卻招來了痛徹心扉的傷害。

正中年輕時曾向母親抱怨過，母親回他：「別胡說，天底下的父母哪會偏心的？」不過，正中心中的陰影不曾消散過。

關鍵的時刻終於到來，那一年，他四十五歲，父親病故，母親赴美與他一同生活。有一晚，正中舊事重提，抱怨父親的偏心，沒想到母親的回答不同了，母親說：「是啊，一路來不知道跟你父親說了多少回，可他就是改不來……。」母親一說完，四十五歲的正中竟嚎啕大哭了起來，幾十年鬱積的委屈如長江大河，傾流而出。不過說也奇怪，糾結數十年的心病竟然就此痊癒。

聽到正中說到這段往事，我也忍不住紅了眼眶，想起自己念小學時，曾不經意地發現父親偷偷塞了零用錢到兩個姊姊的書包裡，我事後向母親哭訴，母親對父親提出嚴重抗議，我的心病因而沒了，沒有成為耽誤數十年的心病。

弟弟正方一聽哥哥如此道白，哪肯罷休？立刻搬出了當年的記憶：才不到十歲，家仍住北京，哥哥動了扁桃腺手術，在那個冰淇淋尚未上市的年頭，居然有叔伯輩自製了一大盆冰淇淋送去醫院給哥哥吃，哥哥自始至終沒讓弟弟吃一口。還有，搬到台灣之後，一家人擠在日式房子裡，都只能睡榻榻米，唯一一個小房間，還擺了張小床，就是哥哥的獨占書房，這還不打緊，當時也是稀罕的收音機就放在哥哥的房間……。正方一溜說了一長串，哥哥只笑不答，算是默認。聽到這，我在想，原來王媽媽才是位智者，這肯定都是她偷偷制定的「法規」，不讓王伯伯投反對票；如此一來，正中受傷的脆弱心靈才能取得一點平衡不是？

拌嘴歸拌嘴，這對哥倆好之間衍生的故事還真是不少。

他倆在美國剛好趕上了當年的保釣運動。弟弟正方只差一年就可以拿到博士學位了，可是，釣魚台自古即是中國的，豈可被小日本搶走？於是，書也不念了，正方跳到第一線，率領留學生發動起保釣運動。後來還被中國大陸「統戰」，受邀到大陸參觀訪問，被周恩來召見。

由王正方帶領的這幾位血氣方剛的年輕人不知人心險惡，他們還以為是偷偷成行，卻不知買機票的當下就被密告。正方自此上了國民政府的黑名單，回不了台灣。幸好哥哥正中是做後勤的，雖然一度也上黑名單，但因罪證不嚴重，事後得以解禁。因此，當父親在台灣病重，乃至過世，也只有哥哥回台奔喪，正方無法見到父親最後一面……。話題至此，出口就能把人逗笑倒地的弟弟正方哽咽了，說不出話，流淚了。哥哥低著頭，腦子裡怕是也盤旋著當年的種種橫逆吧？後來，正方心情平靜了，他不禁喟嘆，當年的兩岸政府都在利用熱血沸騰的留學生，沒有真心要解決釣魚台的事，結果呢？今日不是重複上演……？

正方畢竟不像哥哥是做學問的。多才多情的他像是脫韁野馬，很難被拴住。搞保釣的年代，處處被男同學視為帶頭的英雄，當然也被女留學生們團團圍住，迷惘了，動情了，他不顧已有家庭的現實，另外有了心儀的對象。有一天，他帶著新交的女友，自是不敢回家，就去摁哥哥家的門鈴。

沒想到，來開門的竟是老婆大人，這……話一至此，我發現自己的手心都冰涼了，天哪！這是個什麼樣的場面？簡直就是最灑狗血的連續劇劇本。如果換作是我，大概會希望自己當場心臟麻痺，倒地歸去。我忍不住，回頭問哥哥正中，如何處理此一棘手場面？哥哥回我，那頓晚飯是怎麼吃的，他已然忘記，他唯一記得的是，他早早就躲到自己的臥房裝睡，只不過，客廳好像吵了一夜……。

怎麼樣？他倆的故事果真精彩，是吧？

正中今年已經七十八歲，我到中研院去拜訪正中時，發現研究院的上上下下都很敬重他。就連我們中午到餐廳吃中飯，一腳跨進去，就看見前院長李遠哲低頭在滑手機；他一抬頭，看見正中走近時，也趕緊放下手機，站了起來。

正方此刻定居台灣，除了寫文章之外，電影是不拍了。不過，因為製作點燈節目的機會，我有幸看到他入圍香港電影金像獎最佳男主角獎的電影《半邊人》，以及一九八六年在北京導演的電影《北京故事》，原來他的演技如此自然生動，一點都不油氣；編導的劇本，運鏡都流暢有戲，格局方正。如果正方早點回台，鑽研電影創作的話，他在國際影壇的名聲，恐怕早早就已揚威天下了。

有機會，真的想去趟舊金山，拜望正中，還有他地窖珍藏的紅酒。當然，也得搭著正方的肩膀隨行。然後，再好好聽他倆以純正的京片子，蓋上三天三夜啊！

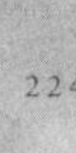

迎著光，照見勇氣

夜半無聲尋無詩

田豐

是演員，也是詩人

田豐是傑出的演員。他二〇一四年獲得金馬獎「終身成就獎」的身影令人懷念又激動，沒想到一年後居然便溘然長逝。

他不僅演戲精湛，也喜歡寫詩抒懷。

他對人有情有義，生前總念著台灣這一方土地上的朋友。

夜半無聲，唯望斯人入夢來！

七月，酷熱，冷氣間的溫度彷彿都降不下來，人也跟著心浮氣躁。

偶爾翻動臉書，看到他留下的感言：想台灣的友人，想台灣的小吃，想台灣的種種好……。我一個忍不住，抓起電話就撥去香港。他聽到我聲音，喜孜孜地回道：「啊！是光斗啊！」我劈頭就說：「田爸！想台灣就買張機票回來吧！」他在電話中呵呵笑著。我又說：「就跟妳女兒說，你的回憶錄出版需要開會，她會讓你回來的……。」他又呵呵地笑了起來，笑聲裡夾帶著好多個好、好、好……。

好！這下好了！我再也見不著他了！

他真是我的忘年之交。他是二〇一四年金馬獎頒發的「終身成就獎」得主。

他是資深演員，田豐，田爸。

我們是在二十年前的單元劇《圍爐》正式定交。我是編劇兼製作人，田爸是演員。他飾演的是一個在大陸老家找不到定位的老兵。回到台灣，面對各有問題的幾個子女，就愈來愈沉默。直到有一天，除夕祭祖，他把大兒子（林在培飾演）叫了去，只叮嚀了一句：「有一天，若死了，就燒

田爸票戲的英姿。

了吧，骨灰也用不著費事，就找條附近的小河水溝，倒了吧……！」錄那場戲時，我躲在攝影機後面，哭到差點岔了氣，雖覺得難為情，但就是捨不得離開，我貪戀著田爸與在培精湛的對手戲。

我當時畢竟年輕些，也更勇猛，總認為憑我的本事，肯定可以製作出更具水準與口碑的戲，於是，大膽地接下一檔連續劇，跑到大陸開拓疆土。可是，用人不當之外，加上運氣太差，簽約後美金大漲，我註定要賠上一屁股。好心的朋友曾勸我，趕緊跟電視台改約，但，心高氣傲的我如何開得了口？硬是咬著牙死撐。外景隊由無錫轉到北京，僅是大隊人馬的遷移，就又被坑了許多錢。

偏偏劇本出問題，編劇拿喬，我又灰頭土臉地在現場改劇本。有一天，我關在房裡，睜著通宵未睡的火眼金睛繼續爬著格子，工作人員忽然來狂敲房門，說是田爸在棚裡大發雷霆，要我趕緊去收拾局面。我腦子裡轟隆隆地響著，一股怒氣直衝腦門，邊往攝影棚衝，邊在低聲咒罵，這個田爸為何選在這個節骨眼上鬧事？

等到我看到田爸時，他已沒事，只坐在太師椅上閉目養神。我拉著助理到一旁，追問出了何事？助理說，因為一位

《圍爐》劇照。由左至右為：
田豐、歐陽龍、李靜美、侯炳瑩、林在培。

演員化妝太慢，田爸等了很久，終於把忍了多日的不滿全數爆發。據說，田爸是用這種口氣咆哮的：「你們這些人太沒良心，把製作人的錢當水一樣的潑在地上，我忍了好久了，我真是看不慣你們這樣糟蹋時間跟費用……。」知道原委後，我反倒像是做錯事的孩子，遠遠躲著他，就怕田爸一把抓著我，責備我沒把劇組帶好。

回到台灣後，我們有段時間沒有見面。主要是我賠了一千五百多萬，光是抵押房子，四處借貸就去了半條命。一直到某次，另一位老演員李昆相約，與我和田爸一起在敦化南路巷子裡一家日本料理店小飲。那一回，田爸舊事重提，他又痛罵某某某沒良心，不該如此坑我。我看老先生真的是火氣不小，趕緊向田爸坦承，我把持的「用人不疑，疑人不用」原則，那檔戲沒用得好，實因大批人馬遠在大陸，又夾著台灣與大陸的工作人員在內，偏偏我的左右手有私心，坐擁不少自己的人馬，我若牽一髮就動了全身。最後，為了成事，我也只好打落牙齒和血吞了。

田爸的祖籍是天津。當年，初到台灣時，因為兵荒馬亂，加上經濟不佳，僅靠演戲難以養家。於是，他從高雄搭乘漁船，偷渡到香港，加入邵氏公司擔任編導與演員的工作；等到一切安定了，才逐步把家小接到香港。後來，年紀慢慢大了，田爸決心與年邁的老妻重回台灣，有好的劇本就接接戲，沒有壓力地在台灣安養天年。

有一陣子，我再度不信邪的跨海去大陸拍戲，我堅信在哪裡跌倒，就該在哪裡爬起。偶爾回台，與田爸通電話，甚至邀他吃飯，都遭他拒絕，他說，田媽媽的身體不好，不方便走路，也很少出門。一直到驚聞田媽媽走了，我才知道，田爸有好多年是獨力在照顧病弱的老妻，沒有得到任何的援手。田爸對結髮一世的老伴如此情深義重，讓我對田爸的敬重又多加了好幾分。

田媽媽走後，田爸才舒緩過一口氣。他喜歡到信義路巷子的一家江浙館子小吃，經常約上常楓、孫越等老友，喝的還是金門陳高。後來，他改喝紅酒，然後愈喝愈節制。他說，喝多了女兒會罵人。每每浮白兩杯後，他都會非常感性的聊些體己話。比方說，他喜歡寫詩，他說他不喜歡受格式的拘束，就用他的「田氏」寫法來抒發晚年的雜感與心境。

田爸是愛台灣，捨不得台灣的。可是，老伴走後，田爸嫁到香港的女兒堅持要田爸搬去香港，好就近照顧。田爸每回回到台灣都在嘀咕，他說，香港的老夥伴都凋零了，只剩一位老演員唐青與另一位老友，每週見次面，小喝兩杯，然後就只能回到冷清的小樓，與清風明月作伴；頂多，也只能寫寫詩，抒懷心中的一些塊壘。我聽了不忍，幾次鼓勵他造女兒的反，就搬回台灣又如何？田爸很可愛，他無奈地笑笑，抿了口酒道：「奇怪！年紀大了，膽子也小了，怎麼就怕起板臉訓人的女兒了？」我聞之哈哈大笑！

二〇一四年得到金馬獎的「終身成就獎」，對田爸是莫大的鼓勵。領獎之前，有天我在圓山附近的河邊走路，接到他來自香港的電話，問了些出版回憶錄的事情。我簡單跟他分析了些出版界的狀況，他很開心地說，很快就會決定交給哪家出版社了。時隔快一年，回憶錄還在採訪的過程。我的內心有點急，但又不好問。

就在十月上旬，我接到一位好友的私訊，他告訴我，田爸於三天前走了。但因女兒不願驚動大家，希望不要張揚。我坐在書桌前，久久回不過神。我趕緊登上田爸臉書，幸好還在。但顯然自七月二十二日之後就沒有更新過。我罵了聲該死，居然忙到忘了關心田爸了。不過，也發現最後那些天，田爸接連放上了好多詩作。還回了幾句賀他生日快樂的祝福，並且透露，十一月會回台灣；還說，他瘦到只剩五十九公斤，他得努力加餐飯才行……。

田爸在七月二十二日臉書上的最後一首詩是這樣寫的：「細雨停，薄雲生，月朦朧，山蔭氣爽清，夜鳥三兩聲，幽人聽，惆悵擾心情」。

不過，六月二十四日的那一則讓人最為椎心：「朝起豔陽，午間雨暴風狂，山居幽悶，遙念綠島家鄉，知音人，阻隔迢迢萬水汪洋」。

往後，夜半縱使無聲，也無法再覓得田爸清麗深情的詩作了。

獵海人

迎著光，照見勇氣
——二十四個點亮人心的故事

作　　者　張光斗
責任編輯　林毓瑜
裝幀設計　黃子欽
出 版 者　張光斗、點燈基金會
製作發行　獵海人
114 台北市內湖區瑞光路76巷69號2樓
電話：+886-2-2518-0207
傳真：+886-2-2518-0778
服務信箱：s.seahunter@gmail.com
展售門市　國家書店【松江門市】
10485 台北市中山區松江路209號1樓
電話：+886-2-2518-0207
三民書局【復北門市】
10476 台北市復興北路386號
電話：+886-2-2500-6600
三民書局【重南門市】
10045 台北市重慶南路一段61號
電話：+886-2-2361-7511
網路訂購　博客來網路書店：http://www.books.com.tw
三民網路書店：http://www.m.sanmin.com.tw
金石堂網路書店：http://www.kingstone.com.tw
學思行網路書店：http://www.taaze.tw
法律顧問　毛國樑　律師
出版日期　2016年3月
定　　價　330元

國家圖書館出版品預行編目

迎著光,照見勇氣 : 24 個點亮人心的故事 / 張光斗
作. -- 臺北市 : 獵海人, 2016.03
面 ;　公分
ISBN 978-986-92693-6-0 (平裝)

855　105005222